Bibliografische Information der Deutschen Nationalbibliothek:
Die Deutsche Nationalbibliothek verzeichnet diese Publikation in der Deutschen Nationalbibliografie.

Detaillierte bibliografische Daten sind im Internet über http://dnb.d-nb.de abrufbar.

Herstellung und Verlag:

BoD – Books on Demand, Norderstedt

ISBN: 9783754340400

Wenn „nichts mehr geht"

und alles völlig sinnlos erscheint,

wenn alles nach „Hilfe" schreit,

wenn Wut und Hilflosigkeit alles ist –

gibt es dann doch noch eine Fügung,

gibt es „das" **Schicksal**,

welches am Ende alles regelt?

Aber w e r   sitzt am Ende,

w e r   nimmt es in die Hand,

wenn die eigene Kraft nicht mehr reicht ?

Und was dann – was nun ?

I s t „jetzt" **etwa wieder alles gut ?**

Deinem **Schicksal**
wirst Du nicht entrinnen,
so sagt man wohl.

Manchmal
kann selbst das Schicksal
dem Treiben der Menschen
wohl nicht mehr zusehen.

W i e
„**Es**" **eingreifen k ö n n t e,**

das zeigen

die folgenden Geschichten
mit kriminalistischem Einschlag

Geschichte   1

Vom Ende einer
tragischen Ausfahrt

-   eine „fast" wahre Geschichte   -

Untertitel:

tödliches Nikotin

An einem Freitag im Februar
(ein kleiner Ort in Schleswig-Holstein)

Die Zeit schreitet voran – langsam, aber ständig. Der Mensch kann sie nicht aufhalten, auch wenn er ständig zwischen „Winterzeit" und „Sommerzeit" hin und her pendelt.

Er hat es in der Hand - könnte zumindest regeln, dass es bei einer Wahl der Zeit bleibt, doch dazu gibt es zu viele, die mitreden wollen - zu viele, denen das eine besser erscheint als das andere.

Der Mensch hat es in der Hand – viele nicht, vor allem nicht die Tiere, die Gott-sei-Dank nicht ihre Uhren stellen müssen.

Aber deren innere Uhr wird dennoch beeinflusst, denn die Menschen haben eben in diesen beiden verschiedenen Zeiten einen anderen Rhythmus, dem sich die Tierwelt fügen muss, zumindest, soweit sie vom Menschen abhängig ist.

Dem 13. Februar war es egal, was der Mensch sich so einfallen lässt.   Er beendete die Nacht und begann den Tag so, wie es   i h m   gefiel.
Und er ließ sich auch nicht beeinflussen, ob die Sonne scheinen soll oder Wolken den Schein verdecken.
Es war heute gar nicht richtig hell geworden. Den ganzen Tag über war es trüb geblieben.

Und jetzt kündigte sich schon früh der Abend an. Sehr bald wird es noch dämmriger werden, bis sich der Tag vollends verabschiedet und die Nacht sich über alles senken wird.

----

13. Februar - 17.57 Uhr

Karel ist die Sommer- oder Winterzeit egal. Sein Chef sagt ihm, wann er zu arbeiten hat, sagt ihm, wann er in seinen Lastwagen steigen soll - sagt ihm, wohin seine Fahrt gehen wird.

So war es auch wieder heute am sehr frühen Morgen am 13. Februar gewesen. Karel hatte jetzt – um 17.57 Uhr - schon eine lange Reise hinter sich, hatte weitere 700 Kilometer auf dem Tacho seines riesigen Lastwagens angesammelt. Karel war froh, wenn er in Kürze am Ziel seiner langen Reise ankommen wird. Heute war die Fahrt besonders strapaziös gewesen.

Viel Verkehr war unterwegs, und auch der eine oder andere Halt, zu dem er wegen einiger Unfälle auf der Bahn gezwungen war, hatte ihn in der Zeit etwas zurück geworden – eigentlich hatte er um diese Zeit schon an seinem Zielort sein wollen.

Trotz alledem musste er schmunzeln. Zum einen war es wohl die nahe Ankunft – das Ende seiner Fahrt, andererseits war es auch heute wieder der Abschied auf dem heimatlichen Firmengelände, im Osten der EU. Wieder einmal hatten ihn die Kollegen mit den Worten „Karel, fahr auch heute wieder wie ein Gott!" verabschiedet und ihn auf die lange Reise geschickt.

Das war inzwischen ein Ritual geworden und hatte offensichtlich geholfen, denn Karel war der einzige Unfall-freie Fahrer der Firma.

Karel lachte dann jedes Mal und seine Antwort war immer gleich: „Danke für diese Nettigkeit. Vielleicht fahre ich ja wirklich deutlich besser, als der, den ihr wohl meint – aber erstens singe ich nicht so gut und Gott bin und heiße ich nicht."

Gerade noch grinsend wurde Karel urplötzlich gezwungen, seinen Lastzug, der heute auch noch einen Anhänger mit sich führte, mit einem vollen Tritt auf die Bremse zu stoppen.
Gerade noch – es war Zentimeter-Arbeit – kam er hinter einem Pkw zu stehen, der abrupt an den Straßenrand gefahren war und ohne weitere Warnung seine Bremslichter aufleuchten ließ.

Karel wollte schon einen seiner berüchtigten Flüche los werden, dachte sogar ans Aussteigen, um seine Meinung kund zu tun, überlegte es sich dann aber doch noch anders, als er sah, wie sich die Fahrertür öffnete und der Fahrer einen Rollstuhl aus dem hinteren Fahrzeugbereich für seinen Beifahrer hervor holte.

„Armer Kerl", dachte Karel laut, „bist schon genug gestraft, da werde ich dich von meiner Laune mal verschonen, obwohl du wissen müsstest, dass du dich „so" nicht im Straßenverkehr benehmen und mit deinem Leben spielen solltest!"

Fahrer und Rollstuhlfahrer hatten wohl die Gefährlichkeit ihres Handelns nicht erkannt.

Die winkten Karel sogar noch freundlich zu und verschwanden im nächsten Haus.

Karel stieg jetzt trotzdem aus. Er hatte bei dem abrupten Bremsmanöver ein Geräusch hinter sich gehört, löste die hintere Plane des Zugfahrzeugs und versicherte sich, dass die Ladung sich noch dort befand, wo sie auch hin gehört.

Karel sah jetzt, dass er etwas ungünstig zum Stehen gekommen war und direkt eine Straße versperrte, die auf die Hauptstraße führt - auf die Straße, auf der sein Lastzug stand. Allerdings hatte er jetzt auch keine Eile, denn ein Fahrzeug sah er nicht, dem er im Wege stehen könnte.

Was er sah, war nur ein Behindertenfahrzeug, einen Akku-elektrischen Rollstuhl, der aber keine Anstalten machte, den Gehweg zu verlassen, um dann auf die Straße zu fahren, die Karels Lastwagen im Augenblick noch versperrte.

----

einige Jahre davor

„W a n n hatte dies alles eigentlich begonnen?"

Das hatte „sie" sich schon so oft gefragt, so oft in den letzten Jahren – oder waren es etwa schon an die 10 Jahre – oder sogar noch mehr?

Von einem „normalen" Leben war in ihren Augen eigentlich nichts mehr übrig geblieben.

„Warum passiert das mir – warum habe ich das verdient?", sagten ihr genau diese Augen.

Katharina stand vor dem Spiegel im Bad und sah ein Gesicht, das einmal ein sehr fröhliches Gesicht gewesen ist.   Und ihre traurigen Augen sprachen auch genau das aus, was sie soeben noch gedacht hatte.

Wieder einmal flossen ihr die Tränen nur so aus den Augen, liefen rechts und links der Nase hinunter – berührten ihre Lippen, und Katharina spürte, wie salzig Tränen sein können.

„Wie lange werde ich das noch aushalten können – wie lange ertrage ich das eigentlich noch?", waren die Fragen, die sie sich schon seit Jahren stellte – ohne jemals eine befriedigende Antwort bekommen zu haben.   Wer konnte auch darauf eine Antwort geben – eine hoffnungsvolle Antwort- eine Antwort, die ihr wieder Mut geben würde?

Ihre Tränen trockneten, ihre Augen nahmen ihre normale Tätigkeit wieder auf – ebenso wie das Leben – ihr Leben, das wieder seinen normalen Gang aufnahm – normal?

Aber was war eigentlich noch normal an ihrem Leben? Bitterkeit und Verzweiflung waren die Dinge, die Tag und Nacht über sie herein gebrochen waren – eigentlich jeden Tag und jede Nacht – seit Jahren.

Ein einziges Mal hatte sie sich befreien können, war aus ihrem Trott ausgeschieden, hatte sich vom Horror verabschiedet, war an einen anderen Ort geflüchtet. Aber es hatte nicht angehalten – diese andere Zeit, der Abstand.

Wieder zurück „im häuslichen Leben" war es nur eine kurze Zeit in der sie dachte „Es wird jetzt alles anders – wird besser, muss besser werden!"

Nichts wurde besser, aber auch gar nichts – im Gegenteil. Ihr Alfred schien es regelrecht zu genießen, dass sie zurück gekommen war, hatte wohl die Ansicht, dass „sie" es ja offensichtlich nicht schafft, allein zu Recht zu kommen. Und das ließ er sie bitter spüren.

Er besaß jetzt noch mehr Macht über sie, viel mehr noch nach ihrer Rückkehr – dachte er.

Und was dachte Katharina? Voller Bitterkeit dachte sie, dass Alfred als Name für ihren „einstigen Göttergatten" wirklich sehr gut passt, denn fast jeder hat einmal mit bekommen, was ein bestimmter Alfred für ein schlimmes Ekel sein kann. „Sorry", dachte sie bei sich, „eigentlich muss ich mich für diesen Gedanken entschuldigen - bei Alfred!"

Katharina war klar, dass sie sich wirklich nur bei „dem Alfred" entschuldigen müsste, der im Fernsehen „ein Ekel" spielt.

Sie lachte auf – kein fröhliches Lachen, mehr der Bitterkeit geschuldet, denn sie hatte das „wahre Ekel" ja selbst zu Hause.

Der „TV-Alfred" könnte bei ihrem Alfred noch sehr viel lernen, könnte dann noch weitere unendlich viele Folgen drehen, könnte dann allen zeigen, was unmenschlich alles möglich ist.

----

zurück zum 13. Februar - 18.01 Uhr

Karels Lastzug stand immer noch an Ort und Stelle, an der er nach der Notbremsung zum Stillstand gekommen war.

Die Ladung war also in Ordnung, nichts war verrutscht, und ein Unfall wegen dem plötzlich vor ihm haltenden Pkw hatte Karel durch seine Erfahrung und blitzschnelle Reaktion verhindert.

Karel stieg wieder ins Führerhaus seines Zugfahrzeugs und drehte den Zündschlüssel.

Wummernd sprang der Diesel an, aber: „Läuft die Maschine nicht etwas stotternd?", dachte Karel. Und tatsächlich war das Geräusch des Motors jetzt etwas unnormal – als nur ein „Dieseln".

Karel sah auf seine Uhr, verglich die Zeit seiner Armbanduhr mit der Zeit im Fahrzeug. Es waren nur noch Minuten bis zum Ziel. Und Karel hatte immer pünktlich geliefert. Er drehte noch einmal den Zündschlüssel, der Diesel sprang an – zwar immer noch etwas unnormal, aber er lief.

Der Lastzug fuhr an – jedoch nur etwa zwei Meter weit. Dann verstummte der Motor, der Lastzug blieb schwankend und plötzlich stoppend stehen.

Das Zugfahrzeug blockierte jetzt immer noch die Nebenstraße, dann kam die ziemlich lange Deichsel, dahinter dann der Hänger.

Karel stieg aus, ging um den Lastzug herum, prüfte, ob irgendetwas vielleicht qualmte – fand aber keine Unregelmäßigkeiten.

Er überlegte noch kurz, ob er sein Fahrzeug noch besonders absichern soll, aber schließlich war er bereits innerhalb der geschlossenen Ortschaft, wo auch andere Fahrzeuge am Straßenrand parkten. Und die Nebenstraße brauchte er auch nicht besonders zu berücksichtigen – sein riesiger Lastwagen war keinesfalls zu übersehen.

Karel stieg wieder ein, holte sein Handy aus der Jackentasche, um seinen Chef und die Firma, die eine Lieferung erwartete, anzurufen.

----

fehlendes Augenmaß

Alfred – der schlimme Ekel-Doppelgänger - war verärgert. Da hatte es seine Frau doch gewagt, ihn allein zu lassen! Nein, sie war nicht „schon wieder" auf und davon – eigentlich war sie entschuldigt. Das sah Alfred aber gar nicht so.

Katharina konnte nichts für seinen Unmut. Mit einem vollen Wäschekorb im Arm war sie die Kellertreppe hinunter gestürzt. Ihr rechtes Handgelenk war gebrochen. Was mit ihrem linken Knie zu passieren hat, da waren sich die Ärzte noch nicht ganz einig. – Katharina befand sich im Krankenhaus – seit drei Tagen.

Alfred hatte die Vorräte zu Hause beinahe aufgebraucht. Die jetzt ausgehenden Lebensmittel störten ihn nicht so sehr, wie der mittlerweile jetzt fehlende Tabak.

Schon zwei Stunden hatte er nicht mehr geraucht, für ihn eine Ewigkeit in seinem Zimmer, dessen Wände – kein Wunder – eine gelbliche Farbe angenommen hatten.

Alfred überlegte mit schief gehaltenem Kopf, wann er eigentlich zuletzt die Wohnung verlassen hatte – das müsste schon ziemlich lange her sein.

Sollte er jetzt tatsächlich „raus" müssen? Sollte er jemanden anrufen, der Tabak besorgt? Ärgerlich stand er auf und zog seine Jacke an.

Während er sich die Außentreppe nach draußen hangelte wurde ihm bewusst, w i e lange schon er die Wohnung nicht mehr verlassen hatte. Das mussten jetzt schon zwei Jahre her sein.

Aber dass in der Garage noch immer der Akku-betriebene Rollstuhl stand, der ihm von seiner Krankenkasse spendiert worden war, das wusste er noch genau.
Auch wusste er, dass noch vor ungefähr drei Wochen der Akku aufgeladen wurde, als Test des Krankenkassen-Vertreters, der inspizierte, ob das Gerät noch in Ordnung war, auch das wusste er.

Deshalb hoffte er, dass das Gerät fahrbereit war, fahrbereit, um zumindest bis zum nächsten Zigaretten-Automaten zu fahren.

Mit dem Gerät hatte er lediglich bei der damaligen schon lange zurück liegenden „Anlieferung" eine Probefahrt unternommen, bzw. lediglich eine Einweisung in die Handhabung bekommen.
Gefahren war er danach bis jetzt und heute keinen Meter mehr, und jetzt war sich Alfred höchst unsicher, ob er mit dem Gerät umgehen kann.

Sein größtes Handicap aber war, dass seine Augen immer weiter nachgelassen hatten. Die schlechten Untersuchungsergebnisse seines Augenarztes hatte er verschwiegen, hatte einfach behauptet, dass alles noch nicht so schlimm ist und dass er dann im nächsten folgenden Jahr wieder zur Untersuchung kommen soll.

Alfred benötigte eine ganze Weile, bis er sich einigermaßen sicher fühlte, um sein Vorhaben – die Fahrt zum Zigaretten-Automaten – in Angriff zu nehmen. Bestimmt waren mindestens zwanzig Minuten vergangen oder sogar eine halbe Stunde, bis er endlich „im Sattel" saß und immer noch unsicher den Schalter umlegte, um Saft ins Gerät fließen zu lassen. Tatsächlich ertönte ein leises Summen und das Gerät fuhr langsam aus der Garage.

Alfred schaffte die ersten Meter unfallfrei. Aber am liebsten hätte er die Fahrt sofort wieder abgebrochen, wenn da nicht der Drang nach dem Nikotin gewesen wäre. Alfred bog um die Hausecke und fuhr auf die Zubringerstraße zur Dorf-Durchgangs-Straße. Er sah kaum etwas klar. Dass der Tag trüb gewesen war und jetzt bei beginnender Dämmerung die Sicht noch mehr eingeschränkt war, das wurde ihm schlagartig bewusst – aber er fuhr weiter.

Bei jedem Meter, den er weiter vorwärts fuhr, klang es ihm in den Ohren „Mensch, lass es sein! Was du da machst, das ist viel zu gefährlich. Siehst du überhaupt – w o du hin fährst?"

Seine Sucht war stärker. Alfred näherte sich nun langsam der Hauptstraße. Allerdings stoppte er dann einige Meter davor. Etwas war ihm doch nicht geheuer. Er dachte, einen riesigen Schatten vor sich zu sehen – zumindest sah er einen Umriss, einen hohen und breiten Umriss.

Alfred betätigte vorsichtig den Schalter auf „Fahrt vorwärts" und fuhr weitere zwei Meter vorwärts. Dann hielt das Gerät erneut an, was nicht nur an ihm lag, denn es ruckte und zuckte. War der Akku etwa am Ende?

Was Alfred nicht ahnte: Was er als großen Schatten vor sich glaubte, das war das Zugfahrzeug des Lastzuges.

Und dieser Schatten versperrte ihm offensichtlich den Weg.

Katharina

Im Krankenhaus hatte man festgestellt, dass außer am Handgelenk keine ernst zu nehmenden Unfallschäden durch den Treppensturz entstanden waren.

Katharina wurde entlassen und ließ sich von einem Taxi nach Hause fahren. Zuhause traf sie niemanden an. Wo war Alfred?

Nachdem Katharina an die zwei Stunden gewartet hatte, ob ihr Alfred wieder auftaucht – sie konnte sich überhaupt keinen Reim darauf machen, wo er sein könnte – ging sie äußerst vorsichtig in den Keller. Dann ging sie durch den Garten nach draußen und schaute in der Garage nach.

Das Auto stand dort offensichtlich so, wie sie es zuletzt geparkt hatte, bevor ihr der Unfall passierte.
Was fehlte – das war der Akku - Rollstuhl von Alfred, was ihr mehr als merkwürdig vorkam. Überhaupt - die ganze Geschichte wurde sehr sehr merkwürdig.

W o war Alfred? Sie konnte sich kaum erinnern, wann der zuletzt das Haus – geschweige denn die Wohnung verlassen hatte.

Katharina zog ihren Mantel an und machte sich auf die Suche – weit konnte Alfred nicht sein.

Es war wirklich nicht so, dass sie ihn vermisste. Eigentlich war sie im Gegenteil froh, dass er nicht anwesend war, als sie aus dem Krankenhaus zurück kam.

Sie war froh, dass nicht sofort eine seiner wüsten und äußerst beleidigenden Schimpf-Kanonaden losgebrochen war.

Sie war froh, nicht sofort Vorwürfe zu hören, wie sie es wagen konnte ihn allein zu lassen - als ob sie freiwillig die Treppe mit all ihren Konsequenzen hinuntergestürzt war.

Im Grunde hatte sie sich schon noch im Krankenhaus davor gefürchtet, ihr Ekel wieder zu sehen.

Trotzdem – oder gerade deshalb, die beiden waren schon ewige Zeiten miteinander verheiratet. Und obwohl es ihr eigentlich egal war, ob Alfred wieder auftaucht - oder lieber nicht, irgendwie war sie auch beunruhigt.

Katharina brauchte Klarheit. Sie verließ das Grundstück und machte sich zu Fuß, was ihr schwer fiel, auf den Weg, um einige der kleinen Nebengassen in der Nachbarschaft abzusuchen. Irgendwo musste Alfred doch sein!

Katharina hatte seit langer Zeit schon Probleme und Schmerzen, konnte wirklich kaum einen Schritt gehen, weil sie eine OP nicht auskurierte.

In zwei der kleinen Nebengassen fand sie ihn nicht. Sie sah überhaupt keinen Menschen, was wohl an dem üblen Wetter lag, bei man nur nach draußen geht, wenn es unbedingt sein muss.

Kurz vor der Hauptstraße kam sie aus einer weiteren kleinen Wohnstraße, die ebenfalls keinen Erfolg gebracht hatte und wollte sich gerade auf den Weg zurück nach Hause machen.

Da sah sie ihn –

glaubte zumindest trotz der schlechten Lichtverhältnisse ihn und den Rollstuhl zu sehen. „Wenn das tatsächlich Alfred ist, dann scheint er anscheinend still auf irgendetwas zu warten!", dachte sie.

Katharina machte, nachdem sie sich gefasst hatte, den ersten Schritt – ging auf ihn zu.

Ein folgenschwerer Irrtum

Karel hatte seinen Chef erreicht und ihm die Verzögerung und die Umstände dazu mitgeteilt. Sein Chef bat ihn händeringend, alles zu tun, damit das Gespann doch noch wieder in Fahrt kommt und die Ladung den Empfänger erreicht.

Karels Überprüfungen hatten ergeben, dass es eigentlich keinen Grund gab, dass sein Gefährt stehen geblieben war. Warum wollte der verdammte Diesel einfach nicht anspringen?

Karel bekreuzigte sich und küsste das kleine Kreuz mit dem Engel, das im Führerhaus hing. Lautlos formten seine Lippen ein Gebet dazu.

Dann drehte er erneut den Zündschlüssel um. Der Diesel gab zwar ein merkwürdiges Geräusch von sich – dann sprang er an.

Karel bedankte sich jetzt mit einem lauten Gebets-Spruch, küsste erneut das Kreuz und legte einen Gang ein.

Seine Freude dauerte leider nur sehr kurz. Der Lastwagen fuhr ein paar Meter und machte dann erneut schlapp.

Das Zugfahrzeug hatte die Einfahrt in die kleine Nebenstraße passiert. J e t z t sperrte die ungewöhnlich lange Deichsel die Zufahrt.

Vor den äußerst sehbehinderten Augen von **Alfred** veränderte sich das nebelhafte Bild.

Der große Schatten war jetzt verschwunden. Alfred hatte natürlich mitbekommen, dass sich da vor ihm etwas bewegt hat, als der Diesel ansprang.

Zögerlich legte er die Hand auf die Steuerung seines Akku-Rollstuhls.

„Endlich ist der Weg frei!", dachte er, dann drückte er den Schalter für die Fahrt nach vorn.

Nichts regte sich, der Akku gab keinen Ton von sich, der Rollstuhl bewegte sich keinen Meter.

„Das darf nicht wahr sein!", schimpfte Alfred. „Ausgerechnet jetzt ist der Akku am Ende !"

Mehrere nicht druckreife Ausdrücke flogen durch die Luft. Alfreds Fäuste droschen wütend auf alles am Rollstuhl ein, was er erreichen konnte.

Sogar an den Rädern ruckelte er, um diese irgendwie zu veranlassen, ihn vorwärts zu bringen.

„Fahr endlich los – du dummes Ding !!!", brüllte Alfred. Er konnte in diesem Augenblick nicht wissen, dass Stillstand die bessere Variante gewesen wäre.

Plötzlich hatte Alfred ein so irgendwie komisches Gefühl. Beinahe gleichzeitig hörte er Geräusche, die er aber nicht richtig einordnen konnte.

Tat sich beim Akku doch noch etwas?   Hatte er nicht das Gefühl, dass hinter ihm etwas passierte? War etwa jemand hinter ihm?   Würde man ihm jetzt zu Hilfe kommen?

----

tragische Sekunden

Manchmal ist die Bestimmung über Leben und Tod eine Frage der Sekunde und wo man gerade ist, was man gerade macht oder was andere tun.

So ist es auch hier. Karel, sein Lastwagen, Alfred und sein Akku-Rollstuhl sowie Katharina sind im Spiel von höchstens 4 bis 5 Sekunden gefangen.

Sie ahnen nicht den anderen, keiner weiß, was dessen Handeln für den anderen bedeutet. Das Schicksal geht auch hier einfach seinen Weg – auch die Zeit nimmt keinerlei Rücksicht. Es passiert hier einfach, und niemand von den dreien kann das Geschehen beeinflussen.

Katharina war bei Alfred und seinem Rollstuhl angekommen. Gerade will sie fragen und wissen, was los ist. In diesem Augenblick merkt sie, dass das Krankenhaus Folgen bei ihr hinterlassen hat. Sie hätte sich nach diesem Aufenthalt – die Ruhe hatte ihr sehr gut getan – weiter noch schonen müssen. Ihre Unternehmung hier und die Suche in den Nachbarstraßen nach Alfred zeigte jetzt Wirkung. So weit war sie in den letzten Monaten niemals zu Fuß unterwegs gewesen, allein schon wegen der Schmerzen, die sie bei allen Bewegungen plagten. Katharina erlitt, ohne dass sie noch ein Wort heraus gebrachte, einen Schwächeanfall.

Sie musste sich irgendwie abstützen, um nicht zu Boden zu fallen. Instinktiv wollte sie ihren rechten Arm nicht benutzen, an dem das Handgelenk gebrochen war. Gerade noch streifte die gegipste Hand einen Griff des Rollstuhls, als ihr dieses einfiel. Mit der anderen Hand versuchte sie vergeblich, Halt am anderen Griff zu bekommen.

Als Katharina zu Boden stürzte war ihr nicht bewusst, ob sie den Griff verfehlt hat oder nicht. Ihr wurde schwarz vor Augen. Sie fiel zu Boden, war für einen Moment bewusstlos.

Alfred wusste in diesen Sekunden nicht, ob ihn der mit dessen letzter Energiereserve wieder in Schwung gebrachte Akku nach vorwärts schob oder ob das eine andere Ursache hatte – was war mit dem Geräusch hinter ihm?

Jedenfalls war die dunkle Wand vor ihm verschwunden. Sein schon viele Jahre ärztlich festgestellter Tunnelblick suggerierte ihm, dass er nun freie Fahrt haben würde. Eine Idee durchzuckte ihn noch „ Der Zigaretten-Automat" wartet drüben auf der anderen Straßenseite.

Der Rollstuhl machte einen Satz nach vorn und blieb nach vier weiteren Metern erneut stehen. Er war an der Deichsel zwischen Zugfahrzeug und Anhänger hängen geblieben. Der plötzliche und sehr heftige Ruck riss Alfreds Körper nach vorn.

Karel machte einen erneuten Startversuch. Diese nur noch kurze letzte Strecke bis zu seinem Auslieferungsort musste doch zu schaffen sein. Unbedingt musste die Lieferung heute noch eintreffen. Pavel drehte erneut den Schlüssel.

Pavel konnte nichts davon hören oder spüren, dass in derselben Sekunde der Rollstuhl vor die Deichsel fuhr, denn der Diesel sprang geräuschvoll an, begleitet von den typischen Erschütterungen eines kraftvollen LKW-Diesels.

Pavel bekreuzigte sich nochmals, und natürlich konnte auch das Kreuz im Führerhaus einen weiteren Kuss spüren. Dann vergewisserte sich Pavel, dass kein Fahrzeug in Sicht war, setzte den linken Blinker und setzte die Fahrt fort. . Sein 40-tonner zog mit enormer Kraft lautstark an, und Pavel konnte nicht merken, dass einiges weitere an Gewicht „mit" bewegt wurde.

Alfred hatte überhaupt keine Zeit zu überlegen, was gerade geschehen war, warum er doch noch losfahren konnte, woher der plötzliche Ruck kam. Er bekam nicht mehr mit, wie er samt seinem Rollstuhl unter den rollenden Anhänger geriet. Nie wieder würde er einen Zigaretten-Automaten brauchen – niemals wieder.

Katharina erwachte erst langsam wieder aus ihrer Bewusstlosigkeit, als der Lastwagen sich bereits weit entfernt hatte und ein Passant sie ansprach.

Sie hatte keine ersichtlichen Verletzungen durch den Sturz erlitten, aber erlitt einen Blackout, konnte sich im Augenblick nicht erinnern, warum sie dort an Ort und Stelle ist und - zum Glück - auch nicht, was dort passiert war. Auf ihren Wunsch brachte man sie nach Hause.

Katharina hatte zu diesem Zeitpunkt keine Ahnung, dass noch eine schreckliche Nachricht auf sie zukommen wird.

Karel bemerkte das geschehene Unglück erst, als ihn an der nächsten Kreuzung Passanten darauf aufmerksam machten, dass sein Lastzug irgendwelche Funken schlug. Als er ausstieg und das überprüfte, schlug er die Hände vors Gesicht.

Was er sah, ließ ihn erstarren. So viele Jahre war er im Beruf, nicht eine Beule hatte er verursacht.

Sich mehrfach bekreuzigend sank Karel weinend auf die Knie.

Ermittlungen

Detektiv David **Waterloo** war schon oft von seinen Kollegen und Kolleginnen wegen seinem Namen lächelnd auf den Arm genommen worden.

Und auch der Dienststellenleiter hatte es sich nicht nehmen lassen, darauf eine Anspielung zu machen. Bei der Vorstellung und Einführung von David hatte er bei seiner Schluss-Ansprache noch gemeint „Wir alle hier hoffen, dass diese Dienststelle von Scharmützeln wie bei Waterloo verschont wird."

Aber der Chef hatte dann laut gelacht, alle waren herzhaft mit eingestimmt und David Waterloo war hoffnungsvoll und akzeptiert aufgenommen. Und als er die gesamte Dienststelle nach Feierabend in die Stammkneipe der Abteilung einlud, da war er vollends in der Truppe integriert und angekommen.

Das alles war jetzt schon etwa ein halbes Jahr her. David war als Austausch-Kriminalist aus Glasgow in Schottland gekommen. Er war sehr zufrieden hier in Deutschland – nur eines vermisste er. Sein geliebtes Guinness musste man hier suchen. Nur sehr wenige Gaststätten hatten dieses Getränk am Kran, was er immer wieder bedauerte.

Umso schmerzlicher war es für ihn, wenn sein Austausch-Kollege jetzt in Glasgow zum Guinness-Fan geworden war und in vielen Anrufen auf der Dienststelle insbesondere über die Pub-Kultur und die dort begeisterten Besucher und freundlichen Menschen berichtete.

„Aber – ich habe es ja so gewollt!", sagte sich David dann jedes Mal. „Und einige Guinness wird mir der Kollege in Glasgow wohl hoffentlich übrig lassen."

Heute hatte David noch nicht an Glasgow, Guinness oder so gedacht. Voll vertieft saß er an seinem Schreibtisch, blätterte zum wiederholten Male die vor ihm liegende Ermittlungsakte durch.

Es war eine Akte mit einem schrecklichen Unfall, der tödlich ausgegangen war. David konnte diesen Fall einfach nicht beenden. Immer wieder dachte er darüber nach, warum sein Misstrauen in dieser Sache ihm keine Ruhe ließ. Wo war der Haken dazu? Wo ist die Stelle, um die Sache

Er hatte nach heftiger Diskussion durchgesetzt, dass der verunglückte Rollstuhl noch einmal von der Kriminal-Technik in Augenschein genommen wird. Dabei kam heraus, dass Spuren von Gips an einem der zum manuellen Schieben gedachten Griffe festgestellt wurde.

Zusammen mit dem Chef der Abteilung war David damals nach dem Unfall zu der zur Witwe gewordenen Ehefrau des Verunglückten gefahren und hatte die böse Nachricht mit überbringen müssen.

Als David jetzt den Bericht der Kriminal-Technik las, fiel es ihm ein, was seine Gedanken beschäftigt haben könnte. Ihm fiel ein, dass die Frau damals einen Gips-Verband am Arm hatte. Der jetzige Gipsfund brachte die Zahnräder in seinem Kopf auf Hochtouren.

„Chef", sagte er, „kann ich sie einen Moment sprechen?"

Überrascht blickte der auf, denn David war ohne Anklopfen in sein Zimmer gestürzt, stand jetzt beinahe atemlos vor ihm.

„Was ist los? Ist Napoleon hinter dir her? Du meine Güte – wo brennt es?"

David entschuldigte sich, dass er mit der Tür sozusagen ins Haus gefallen war, entschuldigte sich für seine ungestüme Art, wie er ins Zimmer gerauscht war.

„Chef, sie erinnern sich doch sicherlich noch, wie wir der Frau des damals verunglückten Rollstuhlfahrers die schreckliche Nachricht überbringen mussten. Die Frau hatte damals einen Arm in Gips!"

Der Chef legte verwundert seinen Kopf zurück an die Lehne seines Sessels und nachdenkliche Falten bildeten sich auf seiner Stirn.

David legte ihm den Bericht der Kriminal-Technik vor. Der Chef blickte erstaunt auf und bekam einen sehr nachdenklichen Blick, als er sagte:

„Und jetzt glaubst du, dass der Verunglückte nicht von allein unter den Lastwagen gekommen ist? Das ist eine sehr schwere Anschuldigung. Obwohl – dein Gedankengang ist nachvollziehbar. Wir werden noch einmal zu der guten Frau hinaus fahren. Einen möglichen Zusammenhang möchte ich auch allzu gerne wissen."

David nickte: „Das sollten wir tun, denn soweit ich mich erinnere, hat die Frau keinerlei Erinnerung daran, wie der Unfall passiert ist. Sie will ihren Mann gesucht haben - dann ist sie gestürzt und ohnmächtig geworden."

Jetzt nickte der Chef: „So soll es gewesen sein. Zumindest die Ohnmacht ist ja durch einen Passanten bestätigt worden, der vom Unfall selbst auch nichts mit bekommen haben will. Soweit ich weiß – hat er sie direkt, ohne weiteres zu ahnen, nach Hause gebracht."

Die beiden packten den Untersuchungs-Bericht ein, machten sich auf den Weg und hatten kein glückliches Gefühl bei dieser Sache.

Als die beiden Kriminalbeamten aus ihrem Dienstwagen gestiegen waren, kam ihnen aus dem Haus, das Ziel ihres Besuches war, ein Seelsorger entgegen, zu erkennen an der Kleidung und einem christlichen Kreuz, das an seinem Kragenausschnitt baumelte.

Die beiden Kriminalisten warfen sich bedeutsame Blicke zu und waren wohl bei dem gleichen Gedanken „War das etwa ein Beicht-Besuch?"

Der Pfarrer grüßte die beiden Männer und flüsterte leise: „Ich habe Katharina besucht, um zu sehen, wie sie diese ganze Geschichte verdaut hat. Sie ist einigermaßen – so gut das überhaupt möglich ist – wieder etwas ruhiger geworden. Ich will nicht hoffen, dass sie die gute Frau zu sehr aufregen werden!"

„Keine Sorge, Herr Pfarrer!", antwortete ihm der Chef, „Wir haben nur noch ein paar Dinge zu klären, damit wir den Fall abschließen können, was sicher in unser aller Sinn ist."

Verarbeitungs-Versuch

Katharina hatte das Angebot abgelehnt, mit einem von der Polizei angebotenen und besonders geschulten Psychologen über das Geschehen zu sprechen.

Auch das Angebot des für sie zuständigen Pfarrers hatte sie zunächst nicht angenommen. Doch nach einigen Tagen war sie soweit, denn sie sah ein, dass sie dies alles nicht allein verarbeiten kann. Zu viel war geschehen – nicht nur dieser Unfall war es. Jetzt, da Alfred nicht mehr da war, hatte sie zunächst aufgeatmet, denn Trauer konnte bei ihr keinen richtigen Zugang finden – die Vergangenheit mit ihm war die Hölle gewesen.

Aber Katharina war auch zu der Überzeugung gekommen, nur wirklich auf Dauer ihre Ruhe wieder zu finden, wenn sie die Vergangenheit bewältigt – allein, so sagte das ihr Gefühl, kann sie das nicht schaffen.

Und so war es gekommen, dass Katharina selbst zum Telefon gegriffen hatte. Jetzt saß der Pfarrer, der unverzüglich zu ihr gekommen war, vor ihr und wartete geduldig, was Katharina ihm zu sagen hat.

Katharina brauchte noch ein zweites Taschentuch, bevor sie das Gespräch beginnen konnte. „Herr Pfarrer, ich weiß es nicht - wo fange ich an?"

Der Pfarrer schaute ihr voller Geduld und Verständnis ins Gesicht: „Liebe Katharina, sprechen sie einfach aus, was in ihren Gedanken und Gefühlen gerade vor sich geht. Sie wissen, ich werde niemandem etwas weiter sagen, was sie mir erzählen mögen. Ich nehme meine Schweigepflicht sehr ernst, sonst könnte und dürfte ich meinen Beruf nicht ausüben."

Katharina nahm noch ein weiteres Taschentuch, atmete tief durch und begann ihre Geschichte zu erzählen, die ihr Leben schon so viele Jahre lang nicht mehr lebenswert machte.

----

offene Fragen

Katharina hatte sich gerade wieder einigermaßen gefasst, nachdem sie mehrere Stunden lang das Gespräch mit dem Seelsorger geführt hatte.

Und nun kam in Form der Kriminalbeamten wieder der unheilvolle Abschluss ihres fatalen bisherigen Lebens auf sie zu. Nur sehr schwer gelang es ihr, die Fassung auch zu behalten.

Katharina stand noch in der Haustür und bat die beiden Männer, die sie noch aus einem ersten Gespräch nach dem Unfall kannte, herein.

„Nun", begann der Chef, „ wir wollen nicht allzu lange stören und haben nur noch kurz ein paar Fragen. Bitte schildern sie uns noch einmal, was sie wissen, als sie auf den Rollstuhl zu gingen."

„Ich kann es ihnen nur so sagen, wie ich es damals schon gesagt habe!", sagte Katharina mit leiser Stimme. „Ich dachte, dass ich meinen Alfred mit dem Rollstuhl erkenne – es war ja schon dunkel und fast schon diesig oder nebelig.

Ich kann wirklich nicht sagen, ob ich die beiden erreicht habe. Ich bin doch zusammen gebrochen und kann mich an fast nichts mehr erinnern.

Nur - ein Passant hat mich nach Hause gebracht.

Und - ein Lastwagen hat zu diesem Zeitpunkt, als ich aufgehoben wurde, nicht oder nicht mehr da gestanden. Nur dies kann ich noch genau sagen, Herr Kommissar."

Die beiden Kriminalisten sahen sich an, und der Chef nickte seinem Kollegen zu, was so viel heißen sollte wie „Stell ruhig deine Fragen."

„Ok, ich möchte nur wissen, ob sie sich vielleicht doch erinnern können, ob sie den Rollstuhl noch berührt haben. Denken sie bitte genau nach - das ist sehr wichtig für alle."

Katharina sah man es an, wie schwer es ihr fiel, wieder an alles Geschehene erinnert zu werden. Es dauerte eine ganze Weile, während sie sich das Gehirn offensichtlich zermarterte.
„Es tut mir sehr leid, aber ich weiß es absolut nicht. Ich könnte mir nur die Situation so vorstellen, dass ich vielleicht noch Halt gesucht habe, vielleicht war es ein normaler Reflex."

„Ok, wir danken ihnen!", sagte der Chef, blickte in Richtung seines Kollegen und zeigte mit seinem Kopf in Richtung Haustür.

Hinter dieser Tür sank Katharina auf den Teppich, konnte ihre Tränen nicht zurück halten und ein Ende des Flusses war nicht in Sicht.

Rückblicke

Aufgewühlt lief noch einmal Ihr Leben der letzten schrecklichen Jahre an **Katharina** vorbei.

Was war nicht alles passiert! Nach schon vielen Ehejahren mit Alfred, die ihr normal vorgekommen waren, war offensichtlich etwas passiert, was ihr beider Leben vollkommen umgekrempelt hatte. Was es genau war, das wusste sie damals und auch heute noch nicht.

Es war wie ein Absturz aus dem Himmel in die Hölle. Nichts war mehr wie vorher. Hatte nur sie sich so dramatisch verändert – war es nur Alfred? Sie wusste es nicht. Vielleicht hatte es damit zu tun, dass sie beide aus dem beruflichen Leben ausgeschieden waren. Das verändert bei allen Menschen das tägliche Leben. Vielleicht waren sie nun einander ausgeliefert, nicht mehr getrennt von vielen Stunden, die sie auf ihrer jeweiligen Arbeit verbrachten. Tag und Nacht zusammen, das geht bei vielen Paaren nicht gut – wusste sie.

Hat man sich nicht mehr genug zu erzählen, wenn man nicht mehr Stunden am Tag getrennt ist, wenn man alles gemeinsam erlebt, wenn man nichts Neues für den anderen erlebt?

Aber schließlich erging es damals nicht nur ihnen so. Bei allen kommt der Abschnitt, der vom Beruf in die Rente übergeht – nicht alle werden dadurch automatisch langsam zu einem fiesen Ekel.

Nichts – aber auch gar nichts – konnte sie ihrem Ekel recht machen, schon lange nicht mehr, schon ewige Zeiten lang nicht mehr.

Katharina konnte sich die größte Mühe geben, sich besondere Mühe geben, z.B. ein schönes Gericht zu kochen – keine Chance, dass sich Alfred darüber freuen konnte.

Es war so deprimierend, dass Katharina schon vorher wusste, dass es so kommen wird. Irgendein Makel wurde von Alfred immer gefunden. Mal fehlte seiner Meinung nach ein Gewürz, dann war wieder zu viel davon im Gericht.

Irgendwann hatte sie es trotz aller Geduld dermaßen satt, dass sie ihm die Worte herüber reichte „Dann mach dir doch selber was. Wo der Kühlschrank ist – das weißt du ja wohl noch so gerade!"

Eine Engelsgeduld brauchte sie, wenn mal wieder ein Arztbesuch unumgänglich war. Alfred dazu bewegen, sich mit ihr auf den Weg dahin zu machen, das war eine sehr schwierige Aufgabe. Dabei musste er doch nur ins Auto steigen. Katharina hatte doch vorab schon alles gemanagt.

Zahlreiche Besuche mussten so storniert werden, mussten relativ kurzfristig abgesagt werden, was immer für Katharina eine immens peinliche Angelegenheit war.

Dabei hatte sie Schwerstarbeit bei der Vorarbeit zu leisten, um diese Dinge überhaupt möglich zu machen.

Eines der Hauptscheußlichkeiten war die Tatsache, dass Alfred sich dermaßen gehen ließ, dass sie ihn kaum mehr riechen konnte. Seine Badbesuche schienen sich nur noch auf die schier unvermeidbaren Toiletten-Besuche zu beschränken. Tag für Tag wurde es für Katharina widerlicher.

Was sie kaum für möglich gehalten hatte - mit jedem Tag wurde es schlimmer, tragischer. Sie bekam es kaum noch fertig, den Herrn einzucremen, da er sich – wohl wegen der Unsauberkeit – eine Hautgeschichte zugezogen hatte. Und erst nach vielen Bemühungen, gutem Zureden und mehreren geplatzten Terminen war der Herr zu bewegen, endlich einen Termin auch wahrzunehmen – zuletzt aber deswegen, weil er selbst seine Haut nicht mehr aushalten konnte.

Wieder und wieder hatte sie sich die Frage gestellt „Wie und warum mache ich das noch, wie halte ich das nur aus?" Und ausgesprochen hatte sie es auch schon mehrfach „Ich könnte ihn umbringen!"
Irgendwann träumte sie sogar davon, dass sie selbst im Gefängnis besser aufgehoben wäre, zumindest besser behandelt würde.

„Du meine Güte!", dachte sie. „Ich habe dies sogar den Kommissaren erzählt, was werden die daraus schließen?"

Ihre einzige gelungene Flucht damals hatte nur ein paar Tage lang gedauert. Und sie war sich sicher – zurück gekommen war sie nur wegen ihrer zwei Katzen, um die sich Alfred sicher nicht kümmern wird, wenn sie weg ist. Ihre Katzen hatte sie nicht mitnehmen können, was ihre kurze Flucht schon damals fast unmöglich gemacht hatte. Die waren doch fast alles, was ihr blieb.

Je mehr Katharina darüber intensiv nachdachte, umso überzeugter war sie davon, dass dies nun wirklich und wahrhaftig der einzige Grund ist, der überhaupt noch in ihrer Situation infrage kam.

Katharina war zurück gekommen, ins Elend zurück gekommen. Nur ihre Katzen hatten sie freudig empfangen, aber Alfred.........

Das war jetzt schon wieder einige Jahre her. Sie war zurück und war wieder allein. Nur wenige waren ihr geblieben, denen sie hin und wieder etwas von ihrer eigenen Last aufbürden konnte, die ihr zuhörten, was für eine grausame Last sie trug.

Und jetzt war alles vorbei? War sie wirklich in Sicherheit vor den furchtbaren Sprüchen, den Beschimpfungen mit den ekelhaftesten Worten, die man einer Frau zurufen kann?

Katharina war irgendwie erleichtert, sogar sehr erleichtert. Alfred hatte sich selbst umgebracht. Seine Augen hatten ihn umgebracht, seine so verdammt schlechten Augen, um die er sich nicht gekümmert hatte. Wie viele Augenarztbesuche hatte er ausgeschlagen, bis sie ihn wirklich dazu brachte, einen Termin wahrzunehmen? Und nach dem Termin hatte er sie offensichtlich belogen, belogen mit der Lüge, dass noch alles nicht so schlimm aussieht.

Und dann kam alles wie aus dem nichts auf einmal – ihr Krankenhaus-Aufenthalt, seine Nikotin-Sucht, seine Unerfahrenheit mit dem Rollstuhl, das Wetter, Karels unfreiwillig dort an der Straßenmündung geparkter riesiger Lastzug, die Tatsache, dass Karel dann an dem Tag auch noch ausgerechnet einen Hänger mit der für Alfred todbringenden Deichsel mit sich führte.

War das ein Wink des Schicksals, war es das Schicksal überhaupt? War es wirklich Schicksal, das es gut mit ihr meinte und sie aus ihrem Elend erlöste? Sie fing an, es zu glauben.

Ermittlungs-Abschluss

Im Dienstzimmer des Abteilungs-Chefs waren alle an der Ermittlung in diesem Fall Beteiligten versammelt.

„David", forderte der Chef den Gast-Kriminalisten auf, „fass für uns alle doch einmal den Fall zusammen. Wir sollten uns heute ein letztes Bild vor Augen führen und sehen, ob wir die Sache nun endgültig abschließen können."

„Kollegen", begann David, „folgende Sachlage liegt meiner Ansicht nach vor. Eigentlich müssen wir von zwei verschiedenen Lagen ausgehen.

Erstens: Es war nicht allein ein Unfall, wobei wir die Frau des Getöteten ins Auge fassen müssen. Zweitens: Es war ein Unfall, und uns allen muss klar sein, dass es daran kein Zweifel gibt.

Was ich damit sagen will – ist: Es gibt nun verschiedenes, was nicht nur für einen Unfall spricht. Das Verhältnis der Eheleute war mehr als nur zerrüttet. Die Ehefrau hat uns in ihrer damaligen Anhörung, als sie als Zeugin vernommen wurde, erklärt, dass sie schon viele Jahre lang in mehr als schlimmen Ehe-Verhältnissen gelebt hat.
Sie hat sogar zugegeben, dass sie manchmal den Tod ihres Mannes gewünscht hat: Zitat: „Manchmal hätte ich ihn umbringen können."

Das dies eine wirklich und ernst gemeinte Absicht war, sei dahin gestellt. Aber die beiden haben so viele Jahre zusammen gelebt, in den letzten Jahren unter so schlimmen Umständen, dass es eigentlich nicht normal ist, dass sich die Frau solche Sorgen macht und trotz ihrer Schwäche nach dem Krankenhaus die Straßen absucht. Trotz aller schlimmsten Beschimpfungen, wie sie uns glaubhaft geschildert hat, brachte sie ihren Mann immer wieder zu Ärzten, kaufte ein, weil der das Haus sonst nicht verließ und rollte ihm sogar seine Zigaretten. Wer macht so etwas noch, wenn er den Mann tot sehen will?

Wenn sich Gipsspuren am Rollstuhl befinden, so sind die wohl einwandfrei vom Arm der Ehefrau. Aber sie kann wirklich – und das klingt für mich jedenfalls nach allen Erörterungen glaubhaft – beim Fallen versucht haben, sich am Rollstuhl fest zu halten. Das kann die Spuren erklären. Ich halte es nicht für gegeben, dass sie ihren Mann vor oder zwischen den Lastwagen schieben wollte."

Die anwesenden Kollegen blickten sich kurz einer nach dem anderen an und nickten zustimmend.

Das tat auch der Chef und David fuhr fort:
„Also – es spricht für mich sehr dafür, dass es wirklich ein Unfall war. Wie vorher gesagt wurde – die Gipsspur ist durch den beginnenden Sturz so zu erklären, zumindest ist dies auch meiner Meinung nach nicht zu widerlegen.

Es gibt in dieser ganzen Sache nicht einen einzigen Zeugen, der negativ aussagen könnte. Wir wissen aus der Aussage des Augenarztes des Getöteten, dass dieser tatsächlich fast als blind zu bezeichnen war. Dass hier noch ein Gefährt von einer Kasse hingestellt wurde, das auch auf der Straße fahren kann, ist meiner Meinung nach nicht zu verantworten.

Ich glaube, dass der Mann zwischen den Lastwagen und den Hänger geraten ist, weil an dieser Stelle wegen der übergroßen Deichsel dazwischen eine viel hellere Stelle war, als wenn dort das Zugfahrzeug oder der Hänger selbst gestanden hätte.

Ganz wichtig war auch der Zustand des Akkus des Gerätes. Der war fast so gut wie leer. Es kann aber nach dem Bericht der Kriminal-Technik durchaus möglich sein, dass der Akku noch „gezuckt" hat und somit dem Rollstuhl einen Stoß verpasst hat. Dass der dann rollte oder wenigstens anrollte, dazu passt auch, dass die Nebenstraße ein wenig abschüssig ist. Und ein weiteres wichtiges Argument ist, dass der Hebel am Rollstuhl „auf Vorwärts" stand.

Der Rollstuhl kann somit – meiner Meinung nach - von sich aus ohne weitere äußere Einwirkungen los gerollt sein, mit dem letztendlich tödlichen Ausgang. Ein Stoß kann – wie gesagt – dazu auch beigetragen haben, kann aber auch durch das Fallen der Frau hervorgerufen worden sein."

Einen Augenblick herrschte Stille im Raum, solange, bis sich der Chef erhob und David auf die Schulter klopfte.

„Besser hätte ich das auch nicht zusammen fassen können, David! Du hast da auch meine persönliche Meinung vorgetragen. Ist jemand anderer Meinung? Ist sonst noch etwas zu beachten und ist bedeutsam für unseren Fall?"

Einen Augenblick lang herrschte absolute Stille im Besprechungsraum.

Dann begann einer der Kollegen in die Hände zu klatschen – alle weiteren schlossen sich an.

„Nun", meldete sich der Chef noch einmal, „dann können wir diesen Vortrag wohl in unsere Abschluss-Ermittlungen einfügen, hier den Fall abschließen und die Akte der Staatsanwaltschaft zur weiteren Veranlassung vorlegen.
Gute Vorarbeit, David, die Staatsanwaltschaft wird begeistert sein. Aber man weiß ja nie, mal sehen, was die dort daraus machen.
Und noch eines, Leute, heute Abend gibt es die erste Runde von mir, falls jemand nach Feierabend noch Lust hat."

Der nickenden Zustimmung nach kann die Revier-Stamm-Kneipe wieder mit vollem Haus rechnen.

E N D E

???

**Dann schauen S i e
sich doch bitte einmal
die Seiten 54 – 57 an !!!**

Nachtrag zur Geschichte 1 :

Liebe Leserin, lieber Leser,

es gibt Umfragen, warum Kriminalromane so beliebt sind. Die meisten Antworten waren die, dass am Schluss immer so schön die Aufklärung steht und man sich zufrieden zurück lehnen kann.

Auf weitere Nachfragen wurde geantwortet, dass die wenigsten dann darüber nachdenken, dass es im Ergebnis auch anders sein könnte.

Ich würde zu gerne sehen,
dass **S i e** sich
in diesem Kriminal-Roman noch einmal mit der
Fall-Aufklärung beschäftigen.

Wenn **S i e** bereit sind
und entsprechende Lust dazu haben,
dann schauen Sie sich doch einmal
die nachfolgende Tabelle an.

Zu schade,
dass ich wohl von den wenigsten erfahren werde,
w i e sie den Fall bewerten.

Meinung A: bitte ankreuzen:

	Der Polizeibeamte David Waterloo hat meiner Meinung nach völlig recht. Die Ehefrau ist unschuldig.
	Für mich bestehen doch Zweifel.

	Die Staatsanwaltschaft wird den Fall einstellen und ggflls. die Genehmigung dazu vom Gericht einholen.
	Die Staatsanwaltschaft wird den Fall nicht einstellen und Anklage beim Gericht erheben.

	Das Gericht wird der beantragten Einstellung zustimmen.
	Das Gericht wird die Anklage zulassen und Termin zur Hauptverhandlung gegen die Beschuldigte Ehefrau anberaumen.

	Vor Gericht wird es nach der Verhandlung einen Freispruch geben.
	Das Gericht wird eine Verurteilung aussprechen.

	Die Frau **sollte** einen Freispruch bekommen, weil sie unschuldig ist.
	Die Frau **sollte** frei-gesprochen werden, weil sie genug zu erdulden hatte.
	Die Frau **ist** schuldig und muss verurteilt werden.

Meinung B: bitte ankreuzen:

	Der Polizeibeamte David Waterloo hat meiner Meinung nach völlig recht. Die Ehefrau ist unschuldig.
	Für mich bestehen doch Zweifel.

	Die Staatsanwaltschaft wird den Fall einstellen und ggflls. die Genehmigung dazu vom Gericht einholen.
	Die Staatsanwaltschaft wird den Fall nicht einstellen und Anklage beim Gericht erheben.

	Das Gericht wird der beantragten Einstellung zustimmen.
	Das Gericht wird die Anklage zulassen und Termin zur Hauptverhandlung gegen die Beschuldigte Ehefrau anberaumen.

	Vor Gericht wird es nach der Verhandlung einen Freispruch geben.
	Das Gericht wird eine Verurteilung aussprechen.

	Die Frau **sollte** einen Freispruch bekommen, weil sie unschuldig ist.
	Die Frau **sollte** frei-gesprochen werden, weil sie genug zu erdulden hatte.
	Die Frau **ist** schuldig und muss verurteilt werden.

Meinung C: bitte ankreuzen:

	Der Polizeibeamte David Waterloo hat meiner Meinung nach völlig recht. Die Ehefrau ist unschuldig.
	Für mich bestehen doch Zweifel.

	Die Staatsanwaltschaft wird den Fall einstellen und ggflls. die Genehmigung dazu vom Gericht einholen.
	Die Staatsanwaltschaft wird den Fall nicht einstellen und Anklage beim Gericht erheben.

	Das Gericht wird der beantragten Einstellung zustimmen.
	Das Gericht wird die Anklage zulassen und Termin zur Hauptverhandlung gegen die Beschuldigte Ehefrau anberaumen.

	Vor Gericht wird es nach der Verhandlung einen Freispruch geben.
	Das Gericht wird eine Verurteilung aussprechen.

	Die Frau **sollte** einen Freispruch bekommen, weil sie unschuldig ist.
	Die Frau **sollte** frei-gesprochen werden, weil sie genug zu erdulden hatte.
	Die Frau **ist** schuldig und muss verurteilt werden.

Geschichte 2

Können Tiere auch Vergeltung üben ?

Untertitel:

Wenn die Natur zurück schlägt.

Obwohl Teile dieser Handlungen
tatsächlich erfolgt und belegbar sind,
ist die Handlung selbst fiktiv
und
es ist keine Nennung mit
tatsächlich existierenden
Orten oder Personen
beabsichtigt und rein zufällig.

Der Abend war schon herein gebrochen – die Dunkelheit hatte bereits Einzug erhalten.

Eigentlich leuchteten um diese Uhrzeit nur noch die Straßenlaternen im Ort und die Lichter in den Häusern, die nur ein schummeriges Rest-Licht auf die Flächen davor warfen.

Doch jetzt war auch der Rand des Dorfes erleuchtet – voll erleuchtet – wie noch nie zuvor !

Blaulicht blinkte von mehreren Streifenwagen, und auch die Lichter auf den Dächern des Notarztwagens und des Rettungswagens mit der Nummer 110 kämpften miteinander um Lichtstärke und Umdrehungsgeschwindigkeiten.

Auf einer Weide standen Polizeibeamte, Notarzt und die Rettungssanitäter. Kriminalbeamte in Zivil warteten darauf, dass Notarzt und Beamte der Spurensicherung ihnen sagten, sie können jetzt hinter die Absperrung kommen, die einen Tatort markierte.
Einen Tatort ? Was war passiert?
Auch Polizeiobermeister Hubgarten stand am Absperrband der Kollegen, die aus der Stadt heraus gekommen waren.

Seine Kollegen der Nachbarstadt hatten sich zu früh gefreut. Es hatte nicht gereicht, den Kollegen im Dorf zu beauftragen, nur mal nachzuschauen.

Ein anonymer Anruf an die Stadt-Kollegen hatte weit größere Ausmaße, als angenommen. Nun stand das ganze geschilderte Aufgebot auf der Weide.

Und wie das so ist, wenn etwas passiert, treffen sich an den Absperrungen auch in kürzester Zeit Personen, die unbedingt dabei sein müssen, die ihren Senf dazu geben wollen und immer schon gewusst haben, dass damit oder mit dem oder mit der irgendetwas nicht gestimmt haben muss.

Und auf der Weide lag die Hauptperson - ein Mensch – ausgestreckt und etwas unnatürlich verdreht – ohne jegliche Bewegung.

W a s   war da nur passiert ?

Ein paar Stunden vorher:

Der kleine Ort Alblingen ist ein mehr als friedlicher Ort – ist fast ein Dorf, mit seinen wenigen Einwohnern noch keine Stadt.

Alblingen befindet sich nahe der Grenze zur Tschechischen Republik und liegt in einem kleinen Tal, durch das sich ein schmaler Bach schlängelt, der allerdings bei Starkregen auch ab und zu die angrenzenden Felder und Weiden überschwemmen kann.

Bei guter Füllung kann man sogar manchmal Kanufahrer auf dem Bach erkennen, der dann ja schon ein kleiner Fluss ist – mit viel gutem Willen. Schon in der Frühe kann man gut gelaunte Enten auf ihm schnattern hören. Reiher stehen an seinen Ufern, die von den dort lebenden Menschen meistens dann gesehen werden, wenn der kleine Bach nur Niedrigwasser führt. Dann können die zu Salzsäulen erstarrten Reiher dort stundenlang lauern, bis ihnen ein Fisch vor den Schnabel schwimmt.

Am Waldrand tauchen ab und zu Rehe auf, die den Bach als willkommene Tränke nutzen. Und über allen und allem kreist ein Bussard, der im letzten Jahr Nachwuchs bekommen hat.

Man sieht den stolzen Vogel oft, wie er seinen Nachwuchs nun in die Qualitäten des Rundfluges einweist – sozusagen als familiäre Flugschule.

Bei all der Idylle darf nicht vergessen werden, dass nicht alles Gold ist – was so glänzt. Natürlich sind nicht alle Tiere der Gegend Freunde, manche sind Opfer der Jäger, wie die Fische Opfer der Reiher werden können.

Nicht vergessen werden die Bauern des Tales die schreckliche Nacht, in der auf ihren Feldern weidende Schafe gerissen wurden. Es ist ja eine Tatsache, dass gerade aus dem Osten inzwischen mehrere Wölfe ihr Gebiet ausbreiten, und die sollen inzwischen sogar bis in den Westen Deutschlands gelangt sein.

Mit den dort lebenden Menschen ist es nicht anders. Reibereien gibt es in jedem Ort manchmal - besonders, wenn zu viel Alkohol im Spiel ist oder das andere Geschlecht – welches auch immer – zu verlockend erscheint, um es ignorieren zu können.

Ein blaues Auge oder eine verdrehte Schulter zählt da nicht ernsthaft, und nach einer heftigen Aussprache mit anschließender Versöhnung in der Dorfschänke ist meist alles wieder in Ordnung.

Die kleine Polizeidienststelle im Ort ist mit nur einem Beamten besetzt, was auch immer voll ausgereicht hat. Schließlich kennt man sich hier und regelt fast alles ohne den hiesigen Beamten.

Dem kann das auch nur recht sein, denn es würde dem Stammtisch am Abend nicht gut tun, wenn echte Krisen der Stimmung abträglich sind. Leben und leben lassen, das ist ein gutes Prinzip, wenn nichts zu ernsthaft anliegt, was nur durch das Gesetz noch geregelt werden kann.

Polizeiobermeister Hubgarten sieht sich zufrieden in seiner kleinen Revierstube um. Er war heute allein, denn seine Schreibkraft für einige Stunden hat eine starke Erkältung und liegt krank im Bett. „Das ist auch gut so!", denkt Hubgarten. „Schon am nächsten Wochenende ist ein großes Dorffest. Wäre doch zu dumm, wenn ich angesteckt werde und ausgerechnet dann zum Fest nicht voll einsatzfähig wäre."

Bei „einsatzfähig" muss er selbst grinsen, denn insgeheim hofft er auf gar keinen Einsatz. Einsätze gibt es bei so einem Fest ja auch sonst noch genug – am Tresen, beim Bratwurststand oder auf dem Holz-Tanzboden, der extra dieses kommende Fest aufgebaut werden wird.

Polizeiobermeister Hubgarten sieht auf die Uhr an der Wand. Es ist eine große Uhr – ein Geschenk der Kollegen aus der Stadt, die mit zwei Streifenwagen zu seinem Dienstjubiläum erschienen waren.

„Damit du nach einem Fest auch noch die Uhrzeit lesen kannst, wenn deine Augen am nächsten Morgen noch zu klein sind!", hatten sie gesagt und sich lachend die Schenkel geklopft.

Und Hubgarten wusste, dass dies auch gleichzeitig ein Signal von denen sein sollte, dass er mal etwas springen lassen sollte. Die Stadtkollegen waren am Ende ihrer Dienstzeit gekommen und hatten jetzt Zeit.

Also gingen alle gemeinsam in die Dorfschänke, wo Hubgarten sich nicht lumpen ließ und alle, außer den für die Rückfahrt in die Stadt vorgesehenen Fahrern der Streifenwagen, mit einigen Krügen einigermaßen gut abfüllte.

Gern dachte er immer wieder an diesen Tag, der jetzt auch schon wieder beinahe ein Jahr lang zurück lag. „Spät ist es geworden!", sagte er zu sich selbst. Das lag daran, dass seine Bürokraft ja krank war und er die Schreibarbeiten heute allein bewältigen musste.

Es war viel angefallen. Und es war bereits dunkel geworden, stellte er fest. Und Hunger hatte er auch – das kam hinzu.

Polizeiobermeister Hubgarten, den manche schon mal scherzhaft „Weingarten" nannten, weil er sehr gerne auch mal einen guten Tropfen davon trinkt, klappte den Dienstlaptop zu, ging zur Wand, stellte die Uhr richtig, die zwei Minuten vorging und riss das heutige Kalenderblatt ab.

Zufrieden schaute er sich noch einmal um, ging zur Tür und freute sich auf ein Gläschen und auch darauf, endlich etwas zu essen.

Hubgarten schloss die Tür zweimal herum, prüfte die Klinke auf Verschluss und hatte gerade einmal ein paar Schritte in Richtung Dorfschänke gemacht, als er auf einen vertrauten, aber nicht geliebten Ton aufmerksam wurde, der aus dem soeben verlassenen Dienstgebäude kam.

Es war der Dienstapparat, der verrücktspielte und nicht aufhörte, geradezu penetrant zu lärmen.

„Menschenskind noch mal!", sagte Hubgarten zu sich selbst - leicht verärgert. Sein Magen knurrte bereits, als er ernsthaft mit sich kämpfte, zurück zu gehen. „Soll ich oder soll ich nicht?"

Das Telefon lärmte weiter.

Hubgarten drehte sich um und lenkte seine Schritte in Richtung.

Dienstgebäude. Etwas missmutig schloss er die Tür wieder auf. Sein Magen machte ihn immer lauter darauf aufmerksam, dass der was von ihm will. „Ich habe Hunger, Hunger, Hunger!"

Polizeiobermeister Hubgarten - alias Weingarten - meldete sich, jetzt schon wieder gefasst und mit dienstlicher Stimme: „Hier ist Polizeimeister Hubgarten, Polizeistation Alblingen. Was kann ich für sie tun?"

Die Antwort kam prompt. „Mensch, Herbert, alter Kumpel – noch im Büro? Aber das passt ja gut!", kam es aus dem Lautsprecher, den Hubgarten angestellt hatte. Und er dachte dabei: „Mir passt das aber gar nicht!"

„Herbert", sagte die Stimme des Kollegen aus der Stadt weiter, „Herbert, wir haben einen anonymen Anruf erhalten, dem du dort nachgehen solltest.

Bei euch ist wahrscheinlich etwas passiert. Bitte schau doch mal nach! Am Ortsrand soll auf einer Weide ein Unfall passiert sein. Wer angerufen hat, das ist nicht bekannt.

Aber du bist einfach näher dran – sonst müssten wir noch zu euch nach Alblingen weit und lang heraus fahren. Es scheint dringend zu sein!"

Polizeiobermeister Herbert Hubgarten hätte jetzt liebend gerne doch „Weingarten" geheißen. Dann wäre er schließlich schon auf dem Weg in die Dorfschänke gewesen. War er ja eigentlich auch schon – bis er durch dieses Telefon in seine Dienststelle zurück gerufen wurde. Sein Magen machte ihm immer mehr Vorwürfe, aber es nutzte ihm nichts – Dienst ist Dienst; Wirtshaus und Magen müssen eben noch etwas warten!

Als Hubgarten an der Weide eintraf, lag diese im Dämmerlicht. Die Straßenlaternen warfen nur begrenzt Licht auf die Rasenfläche. Der Beamte konnte von der Straße aus nichts Ungewöhnliches feststellen. Die Weide war durch ein Tor verschlossen, und jetzt bemerkte Hubgarten auch den Weidezaun hinter dem Tor. Seine Augen hatten sich inzwischen an das Zwielicht gewöhnt.

Deshalb bemerkte er einen Schatten, der sich langsam bewegte. Es war ein Pferd, das einer der Dorfbewohner dort grasen ließ – ein stattliches Pferd, ein Kaltblüter – wohl ziemlich schwer. Hubgarten kannte sich mit Pferden nicht gut aus. Er zögerte jetzt.

Aber um die gesamte Weide zu kontrollieren, musste er wohl den Zaun überklettern – Pferd hin oder her.

Ein Bein fehlte noch beim Übersteigen des Tores, um auf die Weide zu gelangen. Hubgarten bemerkte, wie das Pferd auf ihn zu kam, und er zögerte erneut. Erst als der Kaltblüter einige Meter vor ihm stehen blieb, schwang er auch das zweite Bein hinüber und sprang auf die Weide. Das Pferd blieb stehen, bemerkte er und war auf der Stelle erleichtert.

Mit ruhigen Schritten ging er an dem Pferd vorbei, das sich nur unmerklich bewegte - allerdings, wie er glücklich bemerkte, nicht in seine Richtung.

Nach etwa fünfzig Metern fiel ihm auf, dass etwas auf der Weide liegen muss, denn irgendeinen Umriss konnte er erkennen. Einige Meter weiter erkannte er entsetzt, dass dort ein Mensch lag.

Die restlichen Meter rannte Polizeiobermeister Herbert Hubgarten auf diese Stelle zu und war jetzt doch froh, nicht schon seit vielleicht zwei Stunden der „Weingarten" zu sein. Augenblicklich stellte Hubgarten ebenso fest, dass sein Magen keine Ansprüche mehr an ihn oder Nahrung stellte. Vor ihm lag tatsächlich ein Mensch. Die Kollegen hatten gut daran getan, ihn zur Nachschau zu schicken.

Hubgarten war angekommen, fühlte sofort nach, ob die Person noch im Besitz eines Pulses war. Das war nicht der Fall, bemerkte er, und jetzt verfiel er in die Routine, für die er ausgebildet worden war und auch schon jahrelang ausreichend Erfahrung gesammelt hatte.

Sein Smartphone hatte die Nummer des Polizeipräsidiums der Nachbarstadt gespeichert. Dort erreichte er noch einen Kollegen der Kriminalpolizei, der ihn auch zu dieser Nachsicht Veranlassung gegeben hatte und noch bis zur erwarteten Meldung aus Alblingen in seiner Dienststelle geblieben war.

„Mein Gott!", antwortete der Kriminalbeamte. „Also ist doch etwas dran, was der Anrufer gemeldet hat. Ok – Herbert, ich werde sofort das ganz große Besteck veranlassen. Ich werde außer einigen Kollegen auch die Spurensicherung mitbringen – bis gleich also und schönen Dank!"

„Ist gut", war die Antwort aus Alblingen, „den Notarzt und die Rettung habe ich schon alarmiert. Bis gleich denn auch!"

Herbert Hubgarten versuchte noch einmal, ob der vor ihm liegenden Person nicht doch irgendwie noch zu helfen war. Alle Mühen waren jedoch umsonst, Lebenszeichen waren nicht fest zu stellen. Er stellte seine Reanimations-Bemühungen ein – nichts mehr zu machen.

Etwas resigniert setzte er sich ins Gras, um auf die erwartete Großaktion der Kriminalpolizei zu warten. Und er würde so auch vermeiden, Spuren zu verwischen, wenn denn überhaupt irgendwelche vorhanden sein sollten.

Hubgarten dachte mit einem Mal an die Worte des Kollegen aus der Stadt: „Schönen Dank also!"

„Na – so schönen Dank wird der nicht gemeint haben, dass er jetzt noch in der Nacht hier nach Alblingen hinaus kommen muss!", dachte er weiter und musste regelrecht schmunzeln, nur kurz - denn in dieser Situation war das nicht angebracht, fügte er gedanklich an sich selbst nach.

Spurensicherung

Und jetzt waren alle Kräfte eingetroffen - standen um die regungslose Person herum. Einige Beamte knieten auf dem Gras – auf der Suche nach brauchbaren Spuren und Erkenntnissen.

Am Absperrband hielt sich Polizeiobermeister Hubgarten auf und befragte die vom Blaulicht und „Tatüütataaaa" angelockten Personen, ob es Zeugen gibt, die etwas zu sagen oder gesehen haben, was immer es auch sein mag.

Inzwischen waren sogar Leute aus dem Wirtshaus eingetroffen, und es hatte sich herum gesprochen, wer dort auf der Weide lag.

„Ganz klar!", war da zu hören. „Natürlich ein Zugereister! Ganz klar, dass es keiner von uns ist. War ja klar, dass mit dem etwas nicht stimmt!"

„Und ein weiterer Kenner des Ortes fügte sofort hinzu: „Recht hast du! Ist ja schon lange bekannt, dass mit dem etwas nicht in Ordnung ist. Und jetzt soll er allein vom Baum gestürzt sein!"

Neugierige Blicke wurden gewechselt. Die beiden vorherigen Redner wurden mit Fragen attackiert.

„Vom Baum ist der gefallen? Was hat er denn dort oben zu suchen? Spinnt denn der? Die Zugereisten sind eben etwas sonderbar - oder?"

Polizeiobermeister Hubgarten war hinzu gekommen und befragte die sich Unterhaltenden:

„Na – ich würde auch gerne die Antworten auf verschiedene Fragen hören. Also – wer weiß etwas darüber, warum der Typ auf dem Baum war? Kennt den jemand auch näher?"

Ein anfängliches Zögern war zu bemerken, was wohl durch die Anwesenheit der vielen Polizeibeamten geschuldet war. Aber dann sprudelte es aus den Angesprochenen nur so heraus:

„Na, was hat der schon da gemacht! Bekannt ist doch schon lange, dass der sich zum selbst ernannten Landschaftsgärtner gemacht hat. Bäume und Sträucher seines Vermieters hat er zu Unrecht geschnitten, wie „er" es für richtig hielt. Eine Schande ist das, wenn ihr mich fragt!", sagte einer der Wortführer des inzwischen auf Rudelgröße aufgelaufenen Zuschauerhaufens.

Jetzt sprudelten die Informationen nur so aus den Anwesenden heraus.

„Genau – und auch vor dem Eigentum der Mitbewohner im Haus ließ er sich nicht abschrecken. Da hat er auch deren Bäume und Sträucher beschnitten – regelrecht verhunzt hat er die dabei. Das habt ihr noch nicht gesehen! Das könnt ihr gar nicht glauben, wenn man es nicht selbst gesehen hat!"

„Hat man dem das nicht gesagt, dass dies nicht erwünscht ist, verboten ist?"

„Doch – natürlich. Regelrecht verboten haben einige Mieter sich das, sich an diesen Sachen zu vergreifen, aber geholfen hat es anscheinend überhaupt nicht."

„Das hätte der mit mir nicht gemacht. Warum hat man da denn so lange einfach zugesehen? Das hätte der mit mir nicht gemacht – auf keinen Fall. Dem hätte ich die Meinung gegeigt!"

„Das hat man ja auch, wenn man ihn erwischt hat. Aber denkt ihr, dass das genutzt hat? Immer in Abwesenheit der Mitbewohner ging das Sägen weiter. Ganz ernsthaft hat man ihm untersagt, auch nur einen Zweig noch zu säbeln."

„Allein an dem einen Baum dort hinten", ereiferte sich ein weiterer Hinzugekommener, „da soll er allein viermal herum gesäbelt haben.

Und das war auch immer heimlich – dachte der!"

„Meine Güte, das ist ja mehr als hinterlistig, geradezu heimtückisch. Und so einer lebt bei uns - schämen sollte der sich!"

„Der soll sich nicht nur bei den Bäumen und Sträuchern so aufgeführt haben. Wie Besucher des Hauses gesehen haben, stellte der Mensch seine Wäsche zum trocknen direkt vor das Haus – einige Zeit lang noch bevorzugt an Sonntagen."

„Nicht zu glauben! Das ist ja wie im Slum von Palermo – oder was meint ihr? Ist das noch normal, sagt mal!"

„Ne - normal ist wohl etwas anderes. Eine Nachbarin hat festgestellt, dass der Typ einen großen Swimmingpool aufgestellt hatte – ohne die Erlaubnis des Eigentümers. Sogar Sand hatte er bereits rings um den Pool aufgeschüttet." Der Rest ging in ein Flüstern und Tuscheln über.

„Na – jetzt geht aber die Fantasie mit euch durch. Nebenan wohnten auch damals noch Nachbarn mit Kindern. Das ist wohl ein Witz – oder?"

„Kein Witz! Pool, Sand und weiteres wurden ja durch Augenzeugen gesehen. Und - seine Absichten hatte er ja auch selbst erzählt."

„Und – was ist aus dem Pool geworden?"

„Na, die Hausbesitzerin, eine schon etwas ältere Dame war natürlich mehr als empört. Sie hat unter Androhung von Konsequenzen verlangt, dass diese Sache sofort verschwindet – einschließlich Sand, was dann auch relativ schnell passiert ist."

Das Kopfschütteln in der inzwischen noch weiter angewachsenen Menge war nicht zu übersehen.

Und die Geschichten nahmen kein Ende. Fast schien es so, als ob beinahe jeder im Dort etwas zu den Merkwürdigkeiten beisteuern konnte. Von merkwürdig von ihm aufgestellten Bildern mit Sprüchen war da die Rede und immer auch wieder von Einbildungen, an die der wohl nur allein geglaubt hatte.

„Na – das hat ja jetzt ein Ende, wie es scheint. So wie es hier aussieht, soll der wohl nie wieder auch nur einen Ast absägen können!"

Polizeihauptmeister Hubgarten hatte aufmerksam zugehört und niemand bei seinen Anmerkungen unterbrochen. In seinem Kopf zeichnete sich jetzt ein Bild von dem Menschen ab, den er noch versucht hatte, ins Leben zurück zu holen.

„Dann ist der Fall wohl klar!", sagte er sich.

„Dann ist der wohl bei einer weiteren Straftat sozusagen verunglückt und aus dem Baum heraus gefallen – bei einer Sachbeschädigung fremden Eigentums, irgendwie tragisch, aber ....."

Hubgarten ging jetzt zu seinen Kollegen auf der Weide und berichtete seinen Kriminalkollegen, was er soeben gehört hatte.

Und auch die stellten fest, dass dies alles zusammen wohl die Ursache für den Aufenthalt im Baum und den tödlichen Sturz ohne ein weiteres Fremdverschulden ist.

Auch die Spezialisten schlossen ihre Spurensicherungen ab, da sie zugehört hatten. Mehr war hier nicht zu veranlassen. Tod durch Selbstverschulden - mehr war nicht ersichtlich.

Nach und nach leerte sich so die Weide. Auch die Interessierten am Zaun zogen sich zurück, zogen sich ins Wirtshaus zurück, wo die Diskussion über das gehörte und auch weitere Geschehnisse den ganzen Abend lang ausfüllte.

Man ging danach eben wieder zur Tagesordnung über – oder eigentlich auch zur Nachtordnung.

Denn bis der letzte Gast gegangen war, zeigte die große Uhr im Festsaal bereits nach 2.oo Uhr.

Ohne diesen Vorfall heute hätten manche von ihnen nicht ein Alibi gehabt, so lange von zu Haus fern zu bleiben.

eine tierische Konferenz

Die Weide hatte sich geleert. Polizeibeamte und Zuschauer waren fort. Nur das Polizei-Flatterband der Absperrung blieb zurück.

N u r dieses?
Zurück blieb auch das Pferd auf der Weide.

Der Besitzer, der natürlich hinzu gerufen worden war, hatte die Sache so eingeschätzt, dass – nachdem jetzt alle Menschen fort waren - der Kaltblüter ruhig weiter auf der Weide verbleiben kann. Der ist nicht weiter aufgeschreckt, denn Menschen ist er gewohnt – zieht er doch einige Male im Jahr Planwagen mit lärmenden Personen bei einigen Events.

Was in dem Pferd vor sich ging, das konnte ja keiner auch nur ahnen. Und das Pferd blieb nicht allein. Hinzu kamen nach und nach die Eichhörnchen, die auf den umliegenden Bäumen Zuhause waren. Hinzu kamen auch der Bussard mit seinen beiden Jungen und zwei der Reiher vom Bach.

Das Pferd scharrte mit den Hufen, schnaubte kurz durch und eröffnete die tierische Versammlung.

„Liebe Freunde!", begann es. „Hier ist heute etwas passiert, was eigentlich irgendwann einmal absehbar war. Wir alle hier und die weiteren Tiere hier in der Umgebung wissen, was hier im letzten Jahr und bis jetzt geschehen ist. Nicht nur die Menschen im Haus nebenan und die Nachbarn haben gelitten – auch wir Tiere, wenn das auch keiner wohl so gemerkt hat."

Eines der Eichhörnchen meldete sich und sagte: „Das ist wirklich wahr. Wenn die Menschen hier dies „auch noch" gewusst hätten, vielleicht wären sie dann doch noch eher und intensiver eingeschritten. Schließlich sind wir nach und nach unsere geliebten Zweige los geworden, auf denen wir uns wie auf Straßen bewegt haben. Zwischendurch verging zwar immer wieder einige Zeit, aber mehr als oft genug mussten wir uns immer wieder neu orientieren. Denn immer wieder sah unsere Umgebung anders aus, wenn schon wieder Äste und Zweige fehlten."

„Da hast du voll Recht!", mischte sich der Bussard ein. Das habe ich ja auch immer genau beobachtet. Und es war einfach nur furchtbar mit anzusehen, wie der nach und nach unsere Natur und unseren Lebensraum niedergemetzelt hat."

Die Reiher nickten zustimmend und flatterten empört mit ihren Flügeln.

„Unsere Flügel könnten wir dem nachträglich noch um die Ohren hauen!", war von ihnen zu hören. Sie waren bei den Gedanken, was insgesamt geschehen war, immer noch sehr aufgebracht.

Das Pferd scharrte heftig wieder mit den Hufen. Allen versammelten Tieren war der Ärger anzumerken, den sie lange erleiden mussten. Doch auch das jetzt Geschehene ließ sie nicht zur Ruhe kommen – alle waren heftig erregt.

„Was passiert ist", sagte das Pferd, „vorher und jetzt, das ist eben geschehen und nicht mehr rückgängig zu machen. Das alles hätte nicht sein müssen, hätte nicht sein brauchen. Hätte dieser Mensch doch endlich ein Einsehen gehabt und mit seinem Unfug aufgehört."

„Genau", sagte ein weiteres hinzu gekommenes Eichhörnchen. „Sein Gejammer, dass er Freiheit und Weite und freie Sicht braucht! Gejault hat er, dass er sich eingeengt fühlt – nicht auszuhalten."

„War nicht mehr zu ertragen!", ergänzte einer der Reiher. „Das haben wir ja bis hier zum Bach gehört. Oft genug haben wir geprüft, dass der Typ einen schönen Blick in die Natur hat. Schließlich können wir das beurteilen, weil wir ja bestens von oben herab und in die Ferne schauen können. Der litt wohl sehr unter seiner Einbildung."

„Und ich", sagte der Bussard, „ich habe gehört, dass er in ein Hochhaus ziehen soll, wenn er weit blicken will – hat man ihm gesagt. Da hätte er sicher nur mehr Beton als sonst etwas gesehen!"

Alle Tiere nickten – und nur sie wussten genau, was hier in den Stunden vorher wirklich geschehen war.

klärende Vernehmungen

Am nächsten Tag bat Polizeiobermeister Herbert Hubgarten alle Mieter, die mit im Haus des zu Tode gekommenen wohnen, zu einem Gespräch in sein Dienstzimmer der Polizeistation.

„Meine Kollegen haben mir einiges Material übergeben!", sagte er. „Material, das in diesem Fall eine Rolle spielen könnte.

Wir haben in der Wohnung des Verunglückten Notizen der Nachbarn gefunden, die sie alle gemeinsam verfasst haben. Darin haben sie aufgelistet, was ihnen eine lange Zeit lang überhaupt nicht gepasst hat.

Es waren die Beschädigungen an Sträuchern und Bäumen, die ihnen allen wie Dornen in den Augen stachen. Anschaulich wurde geschildert, dass die Beschneidungen so weit gingen, dass einigen Mietern der Sonnenschutz der Bäume entzogen wurde und sie einen Sonnenschirm beim Frühstück brauchen, der vorher nicht notwendig war.

Den letzten Ausschlag für das Schreiben hat wohl gegeben, dass schon wieder Schnitte an den privaten Apfelbäumen vorgenommen wurden. Das alles hat sie wohl in große Wut versetzt."

Das zustimmende Gemurmel der Anwesenden war nicht zu überhören.

Polizeiobermeister Hubgarten nickte ebenfalls, was ihm gar nicht einmal auffiel.

„Deshalb ist zu klären", sagte er, „wo waren sie zum Zeitpunkt des Unfalles ihres Mitbewohners?" Man konnte die Entrüstung der Mieter deutlich merken und akustisch hören, worauf Hubgarten beschwichtigend die Hand hob.

„Meine Damen und Herren!", sagte er. „Sie alle haben doch schon sicherlich viele Kriminal-Filme gesehen. Da werden sie auch verstehen, dass es zu jeder Ermittlung gehört, Dinge und Personen auszuschließen, die mit einer eventuellen Tat nichts zu tun haben. Ich bitte sie also sehr herzlich darum, mir zu sagen, wo sie waren, was sie gerade machten und ob dies alles jemand bezeugen kann.

Entschuldigung – noch einmal, aber die Kollegen der Kripo aus der Stadt brauchen für ihren Abschluss-Bericht solche Aussagen, um den Fall endgültig abzuschließen. Wir wissen doch jetzt alle, was das für ein Mensch war und dass es ein von ihm selbst verschuldeter Unfall war. Also bitte: Wer von euch möchte zuerst eine Aussage machen? Alois – du etwa?"

„Wenn`s denn sein muss, vergelt es Gott!",
antwortete der, wenn auch mit viel spürbarem
Widerwillen.

„Sakra - dann erzähl ich dir Spürnase eben, dass
ich beim Kartenspiel in der Dorfschänke war.
Kannst ja meine Mitspieler befragen – sind alles
ehrbare Leute von hier."

„Ok, ok!", nickte Hubgarten. „Ich habe ja schon
gesagt, dass dies zur Routine gehört und
unbedingt gemacht werden muss.
Also, wer möchte mir als nächstes antworten, wo
er so zwischen der von den Kollegen
angenommenen Todeszeit gestern zwischen 18
und 21 Uhr war?"

Nach dem Ende der Vernehmungen war
Polizeiobermeister Herbert Hubgarten mehr als
zufrieden. Er war nun allein in seiner Dienststelle
und schrieb die Protokolle für seine Kollegen in
der Stadt.

Jeder der Vernommenen hatte klar nachgewiesen,
wo er gewesen war. Außer beim Kartenspiel war
noch ein weiterer Mitbewohner in der Dorfschänke
– von mehreren Zeugen völlig glaubhaft belegt.
Eine Mitbewohnerin hatte Nachtschicht und war
bereits seit 17 Uhr in der Firma. Eine Nachbarin
hatte ein Gipsbein und weitere waren erst heute
Morgen aus dem Urlaub zurück gekommen.

Herbert Hubgarten setzte einen letzten Stempel unter seine Aufzeichnungen.

Zufrieden klappte er die Akte zu, die nur einen geringen Umfang hatte. Es war ja auch alles klar – ein Unfall hatte sich ereignet, ein Unfall aus Übermut und Unvorsichtigkeit. Einen anderen Schluss ließ das Ereignete nicht zu.

Die Kollegen in der Stadt hatten trotz alledem eine Obduktion des Verunglückten in Auftrag gegeben.

Sie waren übervorsichtig und wollten sich aber wirklich auch nicht nur die kleinste Nachlässigkeit nachsagen lassen.

Grund: Am Hals des Verstorbenen waren Spuren zu klären und dazu noch, wie die zerbrochene Rippe die Lunge durchstoßen konnte, was zuletzt wohl entscheidend für den Tod war.

eine zeitgleiche Obduktion

Der Obduzent schob das Tuch zur Seite, welches den Körper bedeckte, den Körper des vom Baum gestürzten.

Er begutachtete die Wunde am Hals. Die wies eine merkwürdige Verletzung aus, die aber auch sofort wieder zu identifizieren war.

„Mit Sicherheit handelt es sich um Spuren von der Säge!", sagte der Obduzent in Richtung des eingeschalteten offiziellen Aufzeichnungsgerätes. „Die Sägezacken sind eindeutig. Die Säge hat den Hals nur gestreift. Die Spuren der Verletzung sind wohl entstanden, als der Sturz vom Baum erfolgte und während dessen die Säge den Hals berührte."

Obduzent Professor Dr. Meierhöfener schüttelte den Kopf. Warum musste er nur immer wieder diese Untersuchungen anstellen – nur weil die Menschen so unvernünftig und unvorsichtig sind.

„Zu den weiteren Verletzungen ist zu sagen", führ der Professor fort, „todesursächlich ist - eine Rippe hat die Lunge durchstoßen.

Ganz klar ist dies, weil der Schaum aus dem Mund dies bestätigt. Der Mann ist dann erstickt."

Professor Dr. Meierhöfener sah sich noch einmal den Brustkorb an. Irgendetwas war doch seltsam. Wie war das tatsächlich entstanden? War der Mensch auf den ziemlich dicken Ast, der ebenfalls angesägt vom Baum herunter fiel, gefallen und hatte sich die Rippe gebrochen – oder war der Ast auf ihn gefallen? Der Obduzent ließ beides offen, da jede der beiden Annahmen möglich war, aber nichts weiter infrage kommen konnte – jedenfalls nicht vom Stande der Wissenschaft aus.

Da kein weiterer Beteiligter am tödlichen Unfall erkennbar war, schloss auch er seine Akte und den Bericht damit, dass die Rippe todesursächlich und ein weiteres Fremdverschulden auszuschließen ist.

zur etwa selben Zeit auf der Weide

Die Tiere von gestern Abend trafen sich am Ende der Weide. Die Eichhörnchen waren erschienen, die Reiher, der Bussard mit Familie und natürlich das Pferd.

Der Kaltblüter ergriff auch zuerst das Wort: „Liebe Freunde! Das war schon ein Ereignis gestern, das uns alle berührt und angeht. Keiner von uns wird sagen, dass er besonders traurig ist, auch wenn es nicht in Ordnung ist, dass ein Mensch durch einen Unfall stirbt. Was uns alle berührt und auf dem Gewissen liegt, das ist, dass wir allein wissen, was gestern hier geschehen ist. Wir wissen, dass es nicht nur ein Unfall allein war.
Wir wissen aber auch, dass eine rote Linie schon lange überschritten war – überschritten durch den Abgestürzten, der uns alle hier fürchterlich geärgert hat.
Und ich brauche euch sicher nicht zu sagen, um was es sich handelt. Das haben wir ja auch schon gestern Abend noch einmal fest gestellt – festgestellt, dass das Fass übergelaufen ist. Dieser Mensch hat leider eindeutig überzogen!"

Alle Tiere nickten ein verständlich. Trotzdem war es keine Siegesstimmung, die aufkam, es war eher eine verhaltene Atmosphäre zu spüren.

Und bei jedem von ihnen fand der gestrige Abend in ihren Köpfen noch einmal statt:

Der Mensch war wohl unbelehrbar. Alle hier Anwesenden hatten doch mehrfach mitbekommen, wie es mehrfach Auseinandersetzungen gegeben hatte, was die Schnitte an der Natur betraf.

Und die Tiere sahen, wie der Typ trotz allem schon wieder in den Baum stieg, bewaffnet mit einer Säge. Eine ziemlich lange Leiter hatte er an den Stamm gelegt, die wohl ausgezogen an die 8 Meter war. Einen Oberarm-dicken Ast hatte sich der Mensch wieder vorgenommen. Das Geräusch der Säge war nicht zu überhören.

Die Tiere brauchten sich nur ganz kurz zusammen zu setzen, um zu entscheiden, dass jetzt „Schluss mit lustig" ist.

Der Frevel musste endgültig unterbunden werden. Dem Baum sollte kein Leid mehr erfahren. Sie würden dem Baumschänder eine Lektion erteilen, die er nie vergessen würde – nie mehr in seinem Leben.

Zuerst war der Kaltblüter als der stärkste von ihnen allen zum Baum getrabt. Es war für ihn eine Leichtigkeit, die Leiter so zu kippen, dass sie vom Baum weg schaukelte und auf die Weide fiel.

Der Mensch war nämlich inzwischen sogar noch weiter in den Baum hinauf geklettert. Soll er doch sehen, wie er wieder hinunter kommt.

Die Reiher flogen einen Scheinangriff nach dem anderen auf den Kletterer.

Der Bussard flog ihm direkt ins Gesicht und mehrmals gegen den Hinterkopf.

Ein Eichhörnchen biss dem Baum-Schänder in die Finger.

Der Kletterer fluchte und ließ den Stamm los, der ihn oben gehalten hatte. Gleichzeitig brach auch ein dicker Ast - bereits tödlich angesägt. Kletterer, Säge und Ast fielen aus dem Baum.

Der Abgestürzte blieb auf dem Rücken liegen und bewegte sich gar nicht mehr.

Der ebenfalls abgestürzte dicke Ast lag neben ihm.

Reiher, Eichhörnchen und Bussard saßen auf einem Zweig über ihm.

Der Kaltblüter stand neben dem auf dem Boden liegenden und blickte erschrocken hoch, als er ein Geräusch hörte.

Ein angesägter Zweig, auf dem die Tiere saßen, gab nach – brach ab und fiel herunter, während Reiher und Bussard davon flogen und das Eichhörnchen auf den nächsten Zweig sprang.

Das Pferd sah den Zweig auf sich zu kommen und machte einen Ausfallschritt.

Dabei trat er mit einem seiner zurzeit unbeschlagenen Beine auf den zuvor abgestürzten dicken Ast, der hoch schnellte und auf den am Boden liegenden Menschen flog.

Mit dem nächsten Schritt trat der Kaltblüter auf dessen Brustkorb, noch einigermaßen abgebremst, aber das Gewicht des Pferdes war ohnehin auch dafür trotzdem noch hoch genug, dass der Bruch einer Rippe hörbar war.

Die Tiere flüchteten in alle Richtungen davon – bestürzt über das, was jetzt geschehen war und nur als eine Warnung hätte geschehen sollen.

Nachtrag:

Der Fortgang nach dem Absturz ist bereits hinreichend geschildert.

Die Tiere wurden in keinen Zusammenhang mit dem tödlichen Unfall gebracht.

Der Unfall wurde behördenmäßig abgeschlossen.

Der Obduzent rätselte noch eine Weile über die Bisswunden an den Händen und über die Druckstelle am Körper des Toten, die ihm eigentlich gar nicht wie durch einen Ast ausgelöst so üblich erschien.

Schon am nächsten Morgen nach dem Tag des Unglücks lag ein Brief im Kasten des Verunglückten und aller weiteren Mieter.

Der Vermieter hatte sofort gehandelt, nachdem er von den „Schnitten" erfahren hatte.

Seine Reaktion war eine Mitteilung an alle Hausbewohner, dass das Beschneiden von Bäumen und größeren Sträuchern nur nach Rücksprache mit dem Eigentümer erlaubt ist.

Hätte „der Mensch" sich auch nur einmal ein bisschen mehr zusammen gerissen und zumindest mit seinen heimlichen Taten eine größere Pause eingelegt.

Dann wäre es nach dem Brief des Vermieters wohl nicht mehr zu dem Unglück gekommen.

Aber anscheinend kommen Starrsinn, Einbildung und Hochmut wohl immer noch „vor dem Fall".

Es w a r einmal –

ein schöner Baum.

Geschichte   3

Späte Rache

Untertitel:

Wenn sich ein Konflikt in (mit) Rauch auflöst.

Helen erwachte mit einem unguten Gefühl –
mitten in der Nacht. Sie konnte den Grund
förmlich riechen. Etwas kam aus der Küche,
und das war nichts Gutes. Es war **Rauch**.
„Verdammt", dachte sie. „Habe ich etwa eine der
Herdplatten nicht abgedreht?"

Mutters Geräte – Helen hielt sich heute wieder in
deren Wohnung auf – waren komplizierter, als die
in ihrer Küche. Mit einem Satz hechtete sie aus
dem Bett und rannte in die Küche. Tatsächlich
kam ihr von dort **Rauch** aus einem angebrannten
Topf entgegen.

Helen stellte die digitale Einstellung für die
Temperatur auf null, öffnete das Fenster und
lüftete ordentlich durch. „Noch einmal gut
gegangen", sagte sie zu sich.

Sie setzte sich ins Wohnzimmer, wartete ab,
bis die Küche neue klare Luft vorweisen konnte.
Eine halbe Stunde später war der Rauch in der
Küche ganz verzogen. Helen legte sich wieder
hin, kam aber irgendwie nicht wieder in den Schlaf
zurück – **lag es etwa am** „Rauch"?

Von einer Seite auf die andere wälzend schlief
Helen in den frühen Morgenstunden ein.
Ihr Traum ließ einen ausgeglichenen und
erholsamen Schlaf nicht zu.

Hoch über den Dächern einer Stadt

- 3 Wochen zuvor -

Hoch oben über der Stadt genoss ein ausgeschlafener **Friedrich Rauche** seinen morgendlichen Espresso, eine Angewohnheit, die er schon viele Jahre lang zelebrierte. Er sah auf das Display seines Smartphone – es blinkte. Jemand hatte versucht, ihn zu erreichen. Sein Versuch eines Rückrufs war erfolglos. Die Nummer wurde nicht angezeigt.

„Dann kann ich`s auch nicht ändern", dachte er sich. „Wird wohl nicht so wichtig gewesen sein." Er hatte dies kaum zu Ende gedacht, als das Display sich erneut meldete, diesmal mit Ton, den er in der Nacht abgeschaltet hatte.

„Hier ist Friedrich Rauche", meldete er sich erwartungsvoll. „Was kann ich für Sie tun?"

„Sie kennen mich nicht, **Herr Rauche**", sagte eine angenehme Stimme. „Aber ich weiß, wer Sie sind. Ich möchte mich bei Ihnen einfach mal bedanken."

Da eine Pause eintrat, fragte Rauche nach: „Warum und wofür wollen Sie sich denn bei mir bedanken?"

„Nun, ich weiß, dass Sie ihrer Firmenspitze angehören, die sich erstaunlich positiv darstellt. Ich bin eine derjenigen, die im Augenblick keinen Job mehr hat. Aber ich durfte von der Entschädigung profitieren, die jeder Mitarbeiter noch bekommen hat. Dafür möchte ich mich gerne bei Ihnen bedanken, da ich keine anderen Herren der Firmenspitze ausfindig gemacht habe!"

Friedrich Rauche war etwas irritiert. Nicht nur das Thema, auch diese Stimme war irgendwie faszinierend. Bevor er noch eine Antwort heraus brachte, war diese Stimme zurück. „Herr Rauche, wenn Sie es möchten, dann würde ich Sie sehr gerne besuchen – falls Sie mir Ihre Adresse verraten!"

Rauche war überrascht, was bei ihm nicht gerade oft vor kam. Der angekündigte Besuch schien interessant zu werden. Er gab seine Anschrift preis. Der Besuch würde noch heute Abend in seinem Loft eintreffen. Der Champagner würde kalt und bereit stehen – was dann kam, Rauche war gespannt, mehr als nur gespannt. Er malte sich schon aus, wie er sich den Abend vorstellte, den er nun ungeduldig erwartete.

Um 21.00 Uhr meldete sich die Türanlage. Rauche schaltete den unteren Hauseingang frei.

„Pünktlich ist die Dame schon einmal. Mal sehen, was sie sonst noch so drauf hat."

Er hörte den Aufzug summen, der seinen Besuch direkt bis zu seiner Tür hoch oben in den 6. Stock bringen würde. Nur er konnte diesen Aufzug benutzen, per Schlüssel oder per Funk dirigieren. Rauches Erwartungshaltung stieg. Wer würde wohl jeden Augenblick durch die Tür treten? Die Aufzugtür öffnete sich lautlos. Rauche war überrascht und sofort interessiert. Wen hatte er denn eigentlich erwartet? Etwa eine Arbeiterin der Firma im blauen Kittel? Das Gegenteil stand jetzt vor ihm.

Helen hatte es nicht nötig, sich besonders aufzudonnern. Ihre Figur konnte es auch mit einem Model aufnehmen. Allerdings hatte sie heute einen ziemlich kurzen Rock an – ansonsten trug sie eher Hosen. Kurz gesagt - Rauches Gehirn registrierte: „Da steht ein hübscher Anblick vor mir."

Helen trat aus dem Aufzug, ging auf Rauche zu. Den kannte sie ja bereits vom Firmenfoto her und wusste, dass der Herr schon einige Jahre mehr als sie auf der Uhr hatte. Allerdings, so bemerkte Helen, Rauches Auftritt und sein Aussehen waren auch nicht zu verachten.

Er trug eine legere Hose und ein kurzärmeliges Hemd, die oberen Knöpfe offen. Beiden Sachen sah man allerdings deutlich an, dass die nicht von der einfachen Stange kamen.

Rauche stellte sich vor. Helen hatte noch im Aufzug überlegt, welchen Namen sie benutzen sollte. Schließlich war sie bei Helen geblieben, denn mit Rauche gab es keinerlei Verbindung. Rauche war sie nie begegnet, sie hatten nie miteinander gesprochen, und ihre Mutter hatte auch kein Foto von ihr auf dem Schreibtisch gehabt. Was aber Helen aus Gesprächen mit ihrer Mutter wusste – Rauche war Asthmatiker, ein sehr stark betroffener Asthmatiker.

Helen gab ihm ihre Hand. „Ich bin Helen. Schön, dass Sie mich hier empfangen, Herr Rauche. Sehr nett haben Sie es hier oben!" Sichtlich geschmeichelt schenkte der zwei Gläser mit seinem Lieblings-Champagner ein, reichte eines davon an Helen weiter.

Seine Musterung hinsichtlich seiner Besucherin hatte er inzwischen abgeschlossen und für gut befunden – für mehr als das. Seine Gedanken waren schon wesentlich weiter als beim Champagner.

Beide plauderten noch eine Weile - belanglos.

Helen achtete darauf, dass keine zu nahe Verbindung mit der Firma berührt wurde, denn sie hatte keinerlei Ahnung, was die Firma wirklich trieb – oder vertrieb. Helen erwischte sich bei dem Gedanken, dass sie das versäumt hat, etwas mehr Hintergrund über die Firma zu erforschen. Jetzt war es dafür zu spät.

Friedrich Rauche schenkte nach. Helen ließ dies zu. Sie hatte sich aber bereits ihre Meinung gebildet. Champagner würde nicht ihr Lieblingsgetränk werden. In seinen Kreisen gehörte der aber wohl offensichtlich dazu. „Trinken die überhaupt etwas anderes?", stellten ihre Gedanken ihr diese Frage.

Ihr Gastgeber kam nun doch auf die Firma zu sprechen. Helen stellte fest, dass er zugleich auch näher an sie heran rückte.

„Herr Rauche, eigentlich hatte ich nur einen kurzen Aufenthalt bei Ihnen geplant. Ich wollte mich ja nur bei Ihnen bedanken – unbedingt persönlich bedanken. Wenn Sie die nötige Zeit haben, könnte ich aber noch ein wenig hier bleiben. Oder haben Sie noch weitere private oder geschäftliche Termine?"

„Nein, ich bin ganz für Sie da. Ich bin Friedrich.

Lassen wir doch die Formalitäten. Da fällt mir ein, Sie haben sich ja auch mit ihrem Vornamen vorgestellt. Das wird mir erst jetzt richtig bewusst. Darf ich Ihnen als der Ältere auch das „Du" anbieten?"

„Das ist in Ordnung", erwiderte Helen. Wie zufällig in Gedanken versunken, öffnete sie einen Knopf ihrer Bluse, was Rauche sofort als Signal verstand.

Am liebsten wäre Helen aufgestanden, hätte am liebsten Panik-artig die Wohnung verlassen. Aber dann kehrten ihre Gedanken zurück und sie war sich im nächsten Augenblick dann doch wieder voll bewusst, warum sie eigentlich hier war.

Wie lange hatte Helen diesen geschniegelten Kerl vor sich schon gesucht. Sie hatte sogar deswegen ihren Wohnort gewechselt, hatte ihren Beruf aufgegeben – nur für ein einziges Ziel.

Ein Jahr lang hatte es gedauert, bis sie ihn gefunden hatte – bis sie an die Privatadresse dieses Herrn gekommen war, an die Anschrift eines Mannes, der in Business-Magazinen schon oft auf sich aufmerksam gemacht hatte. Für Helen hatte er sehr schmerzhaft eine Linie übertreten.

Friedrich Rauche nahm ihre Hand, beide erhoben sich. Rauche führte sie in sein Schlafzimmer. Nur einige Sekunden später hatte kein Knopf mehr an Helens Bluse seinen vorherigen Platz. Auch an Rauches Hemd hatten die bisher noch nicht geöffneten restlichen Knöpfe ihre Plätze getauscht – waren nun frei und nicht mehr von Knopflöchern gefangen. Helens Rock folgte dem Spiel der Freiheit, und auch Rauches Hose lag wenig später auf dem dicken Hochflorteppich, der ebenso wie das sonderbreite Bett erahnen lassen konnte, was hier abgegangen sein muss.

Helen überkam ein Schauer – nicht dass es an Rauches Finger lag, der sie fordernd erforschte. Helen überkam das Bild, in dem nicht nur Rauche, sondern auch ihre Schwester Kristina vorkam. „Das alles muss hier genauso abgelaufen sein – mit Kristina!", dachte sie.

Und sie wusste, dass es jetzt so ungefähr ein und ein halbes Jahr lang her sein musste. Kristina war damals hier gewesen – hier in diesem Schlafzimmer.

Und sie war freiwillig hier gewesen. Schließlich war sie einige Monate lang mit Friedrich Rauche zusammen gewesen. Helen erinnerte sich, dass ihre Schwester einigermaßen glücklich war- bis zu einem schrecklichen Abend.

Bisher war kein Kuss vollendet. Helen hatte dies ihrerseits vermieden, was recht schwierig für sie war. Sie versuchte vehement, den drängenden Rauche davon abzuhalten, ihre Lippen zu erwischen. Jedoch bedeckte inzwischen kein Kleidungsstück mehr ihre beiden Körper.

Helen gelang es, Rauche auf den Rücken zu werfen. Dann geschah etwas, womit dieser niemals gerechnet hatte.

„Friedrich?", fragte Helen. „Kannst Du nur einen Augenblick noch warten? Ich benötige unbedingt ein paar Züge aus einer Zigarette. Nur ein paar Züge - ich bin in wenigen Augenblicken wieder zurück. Bleibe bitte genau so liegen! Ich gehe auch nur ganz kurz auf die Terrasse, denn ich mag keinen Rauch im Schlafzimmer."

Friedrich Rauche nickte, was ihm beim Anblick von Helens nacktem Körper sichtlich schwer fiel. Helen huschte Richtung Terrasse und schmunzelte innerlich „Was ein Spruch: Ich mag keinen Rauch im Schlafzimmer! Dabei liegt da so einer, zumindest so ähnlich - ein Mann namens Rauche."

Helen bemerkte sofort die kühl einströmende Luft, als sie die Terrassentür sehr vorsichtig öffnete.

Die Abende Anfang April waren noch recht frisch. Sie nahm nur zwei/drei Züge, mehr als widerwillig, denn normalerweise verabscheute sie Nikotin. Ihre Gedanken kreisten immer mehr um ihre Schwester. Für sie überwand sie allen Ekel, den Ekel zum Nikotin, die Abscheu gegenüber Rauche, den sie ihm gegenüber bis jetzt erstaunlich verheimlichen konnte.

Mindestens zehn Jahre war es her, dass sie sich ihre allerletzte Zigarette angezündet hatte. Sie schloss wieder die Tür und ging zu Friedrich Rauche zurück.

Der lag tatsächlich brav, wie es Helen „befohlen" hatte, rücklings auf dem Riesenbett – voller Erwartung, wie man es ihm deutlich ansah. Helen setzte sich rittlings auf ihn. Ihr Kopf senkte sich, ihr Mund näherte sich seinem Mund. Rauche öffnete seinen Mund.

In Rauches Augen blitzte es auf. „Ich habe sie soweit!", dachte er siegessicher. Aber auch das Aufblitzen in Helens Augen war ihm nicht entgangen. Aber Rauche deutete dieses völlig falsch.

Voller Sehnsucht, endlich auch Helens Lippen zu spüren, schloss er die Augen.

Helen war jetzt ganz nah. Ihre Lippen berührten fast die seinen. In der nächsten Sekunde blies ihm Helen den Rauch ihres letzten Zigarettenzuges in den Mund, den sie für diesen einzigen Zweck aufgespart hatte.

Lange die Luft anzuhalten, das war noch ein Relikt aus ihrer Zeit, als sie regelmäßig Wasserball gespielt hatte, sogar in einer höheren Liga. Rauche sah sie entsetzt an. Er hustete sofort, wie es wohl jedem in dieser Situation passiert wäre. Aber – es war nun wirklich keine normale Situation. Vielleicht kann man es als Spiel ansehen – ein wirklich seltsames Spiel, ein mehr als bizarres Spiel.

Erst recht ist es absolut kein Spiel, wenn man Asthmatiker ist – eher ein tödliches Spiel.

Rauche bäumte sich auf, schrecklich heftig hustend. Seine Hand ging zu einem Schränkchen neben dem Bett, auf dem seine Sprühflasche stand, die ihn so manches Mal am Leben gehalten hatte. Helen stieß diese weg. Unerreichbar für Rauche fiel dessen Lebensretter lautlos auf den Teppich. Rauches Blick war nur noch das reine Entsetzen – wie sollte er auch begreifen, was gerade geschah. Er versuchte mit all der ihm gebliebenen Kraft Helen abzuschütteln.

Die aber saß, wenn man so will, fest im Sattel, fest auf ihm. Ihr ganzer Körper lag auf ihm, lose und lässig, aber doch so, dass Rauche nicht in der Lage war, Helen abzuschütteln.

„Das ist für Kristina, Du Schuft!", brüllte Helen ihn an und ihre Gedanken sprudelten nur so heraus: „Das ist nur gerecht, weil du dich hinter deinem Schein und den Anwälten versteckt hast. Meine Schwester ist wegen d i r gestorben. Du hast sie vergewaltigt, als sie mit dir Schluss machen wollte, weil sie dich durchschaut hat. Aber mit einem Friedrich Rauche – da macht man doch keinen Schluss, nicht wahr! Du Schwein hast sie danach noch einmal vergewaltigt und anschließend den Balkon hinunter gestürzt. Nur du, Kristina und ich wissen das! Aber du hast es ja hin bekommen, dass es wie ein enttäuschter Selbstmord aussah! Kristina hat mir mit ihren letzten Atemzügen im Krankenhaus alles erzählt. Und j e t z t büßt du für all das!"

Rauches Körper bäumte sich noch einmal auf. Bei einem seiner letzten Versuche, Helen abzuschütteln, einem seiner letzten Stöße, um Helen abzuwehren, konnte die es kaum glauben, was sie spürte.

Rauche drang in sie ein, und mit ungläubigem Erstaunen ließ sie es geschehen.

Ein allerletztes Aufbäumen hatte noch einmal seinen ganzen Körper - mit allem was er hatte - hochgepuscht.

Der Körper unter Helen zappelte noch ein paar Mal, was Helen intensiv in sich spürte. Sie konnte es nicht glauben, aber es war tatsächlich so - sie bekam einen Orgasmus. Dann war Stille unter ihr. Rauche zuckte nicht mehr, Rauche gab überhaupt keinerlei Lebenszeichen mehr von sich.

Helen blieb noch eine ganze Weile so liegen, wie sie gerade war. „Ich kann wirklich nicht glauben, was gerade geschehen ist!", schrie ihr Kopf, in dessen Adern das Blut wie wild herum schoss.

Widerwillen und Ekel gewannen jetzt die Oberhand, und Helen sprang aus dem Bett. Sie war zu diesem Zweck zu Rauche gegangen, aber jetzt war dieser Anblick, der sich ihr da bot, auch zugleich erschreckend für sie.

Einen kurzen Augenblick zweifelte sie daran, dass sie dies nicht hätte tun dürfen, aber wirklich nur einen Augenblick.

Zu schmerzhaft war ihr wieder und wieder alles ins Bewusstsein gedrungen. Ihre Schwester war tot – umgebracht von einem, der es nicht ertragen kann, wenn jemand eine andere Ansicht der Dinge hat – jemand nicht seiner Meinung ist.

Auch jetzt wieder fiel ihr die Gerichtsverhandlung ein, die mit einem Freispruch für Rauche endete. Helen allein wusste, was passiert war, aber hatten nicht auch Polizei und Staatsanwaltschaft Bedenken, diesen Fall mit einer Einstellung abzutun? Natürlich – sonst wäre es ja nicht zu dieser Verhandlung gekommen.

Helen hatte sich Rauche nicht gezeigt, hatte für ihn unkenntlich hinten im Zuhörerraum gesessen, musste mit Tränen in den Augen hören, was da vor ihr passierte – musste mit anhören, wie Rauche von Schuld frei-gesprochen wurde. Nie hatte sie den Blick von Rauche vergessen, mit dem er sich mit Genugtuung von seinem Verteidiger verabschiedet hatte.

Frei verließ er den Gerichtssaal, genoss noch draußen vor dem Gebäude das Blitzlicht-Gewitter der Fotografen, und alles würde auch sicher so bald wie möglich wieder in der Glanzlicht-Presse erscheinen – Rauche als lachender Gewinner.

Rauche hatte damals die Firma und die Stadt gewechselt. Lange hatte Helen nicht heraus gefunden, wo er geblieben ist.

Aber dann war es doch noch passiert. War es Schicksal oder Zufall ?

Auch Helen hatte den Ort gewechselt, den Ort, an dem ihr immer wieder der Tod ihrer Schwester in den Sinn kam, den Ort, an dem diese schwere unerträgliche Ungerechtigkeit geschehen war.

Und nun lag er da – Friedrich Rauche, der Macher, der so starke Sonnyboy aus dem Hochglanz-Magazin, gestorben und umgebracht von einem einzigen Hauch an Rauch.

Helen sah ihn sich genau an. Es war ihr eigentlich zuwider, aber sie zog an seinen Arm. so dass dieser aus dem Bett heraus hing.

Die Sprühflasche mit seinem Asthma-Medikament lag nur einige Zentimeter entfernt. Es sah so aus, als hätte er diese wenigen Zentimeter nicht mehr geschafft, was ihn letztlich umgebracht hat - Zentimeter, die Leben oder Tod bedeuten können.

Helen ging ins Bad, holte aus ihrer Handtasche einen Lippenstift hervor und stellte diesen auf die gläserne Ablage vor dem Spiegel.

Dann ging sie ins Schlafzimmer zurück und nahm – ebenfalls aus ihrer Handtasche – zwei blonde Haare, die sie auf dem zerwühlten Bettlaken platzierte.

Dann zog sie die dünnen Handschuhe aus, die sie an einer Tankstelle, wo die als Hautschutz bei der Diesel-Säule bereit gestellt wurden, mitgenommen hatte.

Sie lächelte bei dem Gedanken an Lippenstift und die blonden Haare. Diese Dinge hatte sie auf einer Damentoilette eingesteckt.

Helen wusste genau, dass diese beiden Sachen, die man bei Rauche auffinden wird, auf Damenbesuch hindeuten werden.

Und Helen wusste auch, dass diese beiden Dinge verschiedenen Damen gehört hatten. Helen hatte ja selbst gesehen, als eine Frau ihren zuvor benutzten Lippenstift einfach vergessen hatte.

Und blond war diese Frau auch nicht gewesen.

Diese verschiedenen Spuren passten nicht zueinander, doch gut zu einem Sonnyboy mit Damenbesuchen der verschiedensten Art.

Helen wischte die Terrassentür ab, überlegte, ob sie noch mehr als das Champagnerglas angefasst hatte, das sie in ihre Handtasche steckte und schüttelte verneinend ihren Kopf.

Nichts an Gegenständen würde darauf hinweisen, dass sie die letzte Besucherin war. Nichts hatte sie auf dem Wege zu Rauche hinauf angefasst. Mehrere Zigaretten hatte sie noch angezündet, die ziemlichen Rauch hinterließen. Eine davon hatte sie noch Friedrich Rauche zwischen die Lippen gesteckt und dann in eine Schale am Bett-Schränkchen gelegt.

Wenn man Rauche nach einigen Tagen findet, wird alles so aussehen, dass er bei einer fatalen Unachtsamkeit ums Leben kam – durch Nikotin. Und dass er davon nicht ganz lassen konnte, das würde der abgestandene Rauch beweisen, den Helens angezündete Zigaretten hinterließen, und die sie ebenfalls in ihre Handtasche steckte. Ihre eigene DNA direkt an Rauche war ein kalkuliertes Risiko - war nicht zu ändern oder ein viel zu großes Risiko, daran zu arbeiten.

Helen wird diese Stadt sofort wieder verlassen. Niemand wird eine Verbindung herstellen können.

Niemand hatte ihr Kommen bemerkt, niemand hatte ihr Weggehen gesehen. Helen stieg in ihr zwei Straßen weiter geparktes Fahrzeug und verließ die Stadt.

Unterwegs zog sie sich ihre blonde Perücke vom Kopf, die sie wenig später unbeobachtet vernichtete.

Helen hatte den Tag ihres Plans gut gewählt. Erst nach dem Wochenende wurde Friedrich Rauche vermisst - wurde vermisst, da er bei seiner neuen Firma einen wichtigen Termin nicht eingehalten hatte, was man von ihm nicht kannte.

Sein Wagen stand noch in der Tiefgarage des Gebäudes, in dem er das Loft bewohnte.

Und da nur noch die Vermutung übrig blieb, dass etwas passiert sein könnte, ließ die Polizei seine Wohnungstür öffnen.

Wie bei unklaren Todesfällen der Fall, so wurde auch hier eine Obduktion veranlasst. Der Obduzent kam zum Schluss, dass Rauche vielleicht nur einmal in seinem Leben zu leichtsinnig gewesen war – Nikotin und Asthma, das passt doch einfach nicht zusammen.

Als der Obduzent am Ende das Tuch über Rauches Kopf deckte, hörte er noch, wie der bei der Obduktion anwesende Polizeiinspektor zum ebenfalls anwesenden Staatsanwalt flüsterte:

„Zumindest hat er noch ein paar schöne Stunden gehabt, wenn man sich die Spuren im Bett und so weiter anschaut. Spuren mehrerer Damen in der Wohnung deuten doch auf so einiges hin – meinen Sie nicht auch?"

Geschichte 4

Man muss kein Gasmann sein – nur weil man G a s t o n heißt.

Untertitel:

wenn ein Funke ausreicht

Koch – Show

Im Studio des örtlichen Fernseh-Senders lief sich Gaston Sammler warm. Er machte kein Lauftraining, denn es sollte keine Sportsendung gezeigt werden. Nein - Sammler machte Finger-Übungen. In wenigen Minuten, zu einer der besten Sendezeiten, war es also soweit. Dann konnte der Hobby-Koch wieder zeigen, welche schmackhaften Dinge diese Welt bereit hielt, für seine Zuschauer zu Hause und die im Studio.

Gaston Sammler konnte sich nun ganz seinem Hobby widmen, nachdem er keine Zeit mehr im Aufsichtsrat einer Firma, die zu existieren aufgehört hatte, zu vergeuden hatte. Er war sehr gut situiert aus der Firma hervor gegangen. Gut - bei drei Millionen, von denen noch eine schlief, konnte man dies wohl so nennen – reich. Zumindest erlaubte ihm sein Kontostand die Freiheit, diese so zu gestalten, wie er es jetzt tat.

Nur noch zwei Minuten, dann kam sein Auftritt, so wie jeden zweiten Freitag. Dies war inzwischen sein dritter Auftritt, und es war den Zuschauerzahlen nach jedes Mal ein Erfolg - für ihn und den Sender. Um Punkt 19.00 Uhr betrat Sammler gut gelaunt „seine" Bühne.

Das dort versammelte Fernseh-Publikum empfing ihn schon heftig klatschend, ganz brav dem Schild entsprechend: „jetzt Klatschen". Gaston Sammler genoss diesen Augenblick jedes Mal, und er hoffte auf noch viele dieser Augenblicke.

Um dieselbe Zeit begann ein weiterer Auftritt. Der Fahrer des kleinen Lieferwagens parkte vor Sammlers Haus. Und der war absolut k e i n Fan von ihm.

Denn bereits vor zwei Wochen hatte er dort einmal auf der gegenüberliegenden Straßenseite geparkt und beobachtet, wie der inzwischen berühmt gewordene Hobby-Koch sein Haus verließ – bereit für eine neue Sendung mit dem Titel: „ Mein Gemüse ist auch dein Gemüse".

Der Fahrer lächelte und dachte „Es könnte auch heißen: Mein Haus ist auch Dein Haus". Denn er hatte bemerkt, dass Sammler mit etlichen Utensilien bewaffnet aus dem Haus kam, bereit zur Fahrt ins Studio.

Offensichtlich schwört Sammler auf „sein" eigenes Spezial-Werkzeug - anscheinend besonders auf seine Messer. Wozu sonst hatte er zum Beispiel einen Messer-Block in Händen, wenn er das Haus verließ?

Der Beobachter im Lieferwagen hatte auch bemerkt, dass Sammler dann seine Haustür nur ins Schloss fallen ließ – wohl wegen der vielen Sachen, die er in seinen Händen hatte. Er verließ seinen Lieferwagen, bekleidet mit einem Overall, der ihn wie einen Handwerker aussehen ließ. Seine große Werkzeugtasche tat ihr übriges. Nur die feinen und sehr dünnen Handschuhe, die passten irgendwie nicht zu einem Handwerker, den man wohl eher mit Arbeits-Handschuhen aus dem nahen Baumarkt vermuten würde.

Wie gehofft, war auch heute die Tür nur zugezogen worden. Mit Hilfe einer Karte, die in vielen Kriminalfilmen leider immer wieder gezeigt wird, öffnete sich die Haustür sofort. Vorher hatte er zum Schein sich so verhalten, als drücke er die Klingel.

Schnell schlüpfte er in den Hausflur. Er sah sich um, ging nach und nach in alle Räume. Licht machte er nur im Flur und in der Küche. Überhaupt kein Licht, das wäre für einen Handwerker-Besuch zu auffällig gewesen, und Aufmerksamkeit konnte er heute nun wirklich nicht gebrauchen.

„So lebt also ein Starkoch", dachte er. Dann ging er zurück in die Küche. Intensiv sah er sich um.

Und sein Blick verfinsterte sich. In jedem Raum verspürte er ein Unbehagen – und er wusste genau, warum das so war.

Hatte Gisela vielleicht an diesem opulenten Herd gekocht? Hatte Gaston Sammler ihr dies überhaupt erlaubt? Köche sollen da ja so ihre Macken haben.

An der Badezimmertür blieb er nur kurz stehen, aber als er die Tür zum Schlafzimmer öffnete, da konnte er sich eine Zeit lang nicht mehr bewegen – fast fühlte er sich wie gelähmt. Gisela war hier gewesen, ganz sicher.

Zorn kam in ihm auf – riesiger Zorn – Hass, Hass auf Gaston Sammler.

„Du wirst für alles bezahlten, was du angerichtet hast!", rief er wütend – und die Wut hatte einen Namen. „Du wirst dafür büßen - so wahr ich Alfred heiße – du Schwein!"

Sein Blick blieb jetzt wieder am Herd hängen – dem Luxus-Modell von Gasherd, den er sich finanziell nicht leisten könnte. Zwar hatte er dieses Modell noch nie gesehen, praktisch hatte sich das System selbst aber nicht viel verändert. Allerdings waren einige Sicherungen eingebaut, mehr als damals in früheren Zeiten. Sein Vater war aber ein wirklich guter Lehrmeister gewesen.

Von ihm hatte er gelernt, auch mit solchen Dingen umzugehen. Er drehte sämtliche Schalter am Herd auf die höchste Stufe und löschte die Flammen. Das Sicherheits-System wollte einschreiten, aber auch damit wurde er fertig.

Zufrieden hörte er die zischenden Geräusche. Die Türen zum Ess- und Wohnzimmer ließ er geöffnet. Die Küchentür zum Flur hin schloss er und schraubte im Flur die Birne der Deckenbeleuchtung so weit heraus, dass sie nicht mehr brannte.

Sammler konnte somit keinen Zündfunken erwirken. Wenn der seine Arme beladen hatte und im Flur kein Licht funktionierte, würde er wohl sicher geradeaus durchgehen – in die Küche. Auch hatte Alfred daran gedacht, den Kühlschrank auszuschalten, der wie jeder von denen die Eigenschaft besitzt, in gewissen Abständen sich aus- und einzuschalten. Ein letzter Blick zurück, dann verließ er das Haus, stieg in seinen Wagen und fuhr in aller Ruhe nach Hause.

Unterwegs hielt er noch auf einem einsam gelegenen Parkplatz außerhalb der Stadt an und entfernte das Magnetschild auf den Seiten seines Fahrzeugs. Genau dort hatte er auf dem Hinweg zum Haus die Schilder auch angebracht.

Wenn jemand später nach dem Wagen und einer Beschreibung gefragt würde, was könnte der sagen – nur, dass es der Lieferwagen einer Firma und dass es wohl ein älterer Monteur war. Der Firmenname auf den Schildern war ein Fantasiename, nicht zurück zu verfolgen also – und würde wohl als ein Ablese-Fehler von eventuellen Zeugen angenommen werden.

Alfred blieb noch eine Weile auf diesem Parkplatz, lehnte sich zurück und zündete sich eine Zigarette an. Im Handschuhfach hatte er noch eine einzelne davon gefunden. Eigentlich hatte er sich dies schon vor ziemlich langer Zeit abgewöhnt, aber in diesem Augenblick hatte er das Gefühl, das braucht er jetzt. Alfred schloss die Augen und dachte an die letzte halbe Stunde zurück.

Der Zigarettenrauch hatte Besitz vom Inneren seines Lieferwagens genommen. Aber immer noch glaubte er den Geruch von Giselas Parfüm zu riechen – den Geruch, den er vorhin im Bad und im Schlafzimmer bei Sammler bemerkt hatte.

Alfred hatte vor einiger Zeit bemerkt, dass „seine" Gisela irgendwie verändert war. Und eines Abends hatte er einen eigenartigen Geruch an ihr fest gestellt- einen Geruch, der nicht bei einem Kinobesuch mit ihrer Freundin entstanden war.

Alfred hatte es stillschweigend geschluckt, stillschweigend zur Kenntnis genommen. Aber dann war es wieder passiert! Es war ein neuer Geruch, der sich in seiner Nase einrichtete.

Und dann war sich Alfred sicher – seine Gisela hatte Geheimnisse. An einem Abend war er ihr gefolgt, hatte sich einen Wagen vom Freund ausgeliehen, um nicht aufzufallen. Und prompt hatte ihn Gisela zu der Adresse geführt, zu dem Haus, in dem sich Alfred noch gerade kurz vorher aufgehalten hatte.

Ab jenem Zeitpunkt hatte sich Alfred geschworen, dass er es diesem Hobby-Koch heimzahlen wird. Und vorhin hatte er seine Idee in die Tat umgesetzt – Gaston Sammler wird sich wundern, wenn er nach der Show nach Hause kommt. Bevor Alfred das Gas strömen ließ, hatte er noch einmal zu Hause angerufen, seine Gisela am Telefon gehabt und gesagt, dass er noch zu einem Kunden muss, in kurzer Zeit jedoch wieder zurück ist.
Gisela war also zu Hause, Gaston Sammler konnte kommen– Alfred ballte die Faust. Dann startete Alfred den Lieferwagen und fuhr nach Hause. Er war überrascht, dass Gisela ihn dort nicht begrüßte, machte sich aber keinen Kopf, weil er auf einem Zettel in der Diele las, „seine Frau ist nur mal eben kurz bei der Nachbarin."

Alfred überlegte kurz. Die Koch-Show musste in dieser Minute zu Ende sein. Sammler wird Augenblicke später zu Hause eintreffen – das machte der immer so nach der Sendung.

Alfred hatte das ausgekundschaftet und schaltete jetzt Radio und Fernseher ein, wartete auf die Nachrichten oder eventuell eine Sondermeldung.

Er sah noch das letzte Bild der Koch-Show mit Gaston Sammler, der sein nächstes Erscheinen dem applaudierenden und aufstampfenden Publikum in vierzehn Tagen ankündigte. Es war ein sehr zufrieden dreinblickender Gaston Sammler zu sehen, der allen wieder einmal „seine" Kunst gezeigt hatte.

Zufrieden schaute auch der „Handwerker" drein, gönnte sich aus dem Kühlschrank eine Flasche Bier und setzte sich konzentriert und angespannt in seinen Lieblingssessel.

Gaston Sammler parkte den Wagen vor seinem Haus, nachdem er sich kurzfristig entschieden hatte, diesen nicht in die Garage zu fahren, sondern eine kleine Spritztour zu einer kleinen Bar zu unternehmen, auf ein gutes Glas Wein.

Fast wäre er direkt vom Studio aus weiter gefahren, aber im letzten Augenblick erinnerte er sich an das, was er noch im Kofferraum hatte, zum Beispiel seinen Lieblings-Messerblock. „Den bringe ich noch schnell hinein und mache mich etwas frisch!", dachte er voller Freude über das, was heute hinter ihm lag und auch über den Gedanken, dass vielleicht Gisela noch später zu ihm kommt. Er schloss seine Haustür auf und betätigte den Lichtschalter der Flurbeleuchtung.

Gaston Sammler stutzte, nichts tat sich – es blieb dunkel. Er ging weiter und öffnete die Küchentür. Er spürte, dass etwas fremd war, was ihn empfing. Instinktiv wollte er das Licht einschalten, besann sich dann aber in derselben Sekunde, weil ihm bewusst wurde, dass es G a s ist, was er da roch.

Immer noch im Dunkel, schon einen Schritt in der Küche, spürte Sammler, wie etwas seinen Armen entglitt. Sein größter Küchenschatz, sein wertvolles japanisches Messer, ein Original, verließ den Messerblock. Unaufhaltsam fiel das Messer – für Sammler kam es wie eine Zeitlupe vor, obwohl er im Dunkel gar nichts genau erkennen konnte – dem Küchenboden entgegen.

Sammler konnte nichts dagegen unternehmen.

Die Zeitlupe war beendet. Mit seinem schweren Stahl – zig-fach gefaltet - berührte die Messerspitze den Boden. Der Stahl verursachte mehrere Funken auf den Küchen-Fliesen – einer hätte schon gereicht.

Sammler sah nur noch einen sehr grellen Blitz. Der unvorstellbar heftige Druck schleuderte ihn in den Flur. Erst an der Haustür, durch die er glatt hindurch geflogen wäre, wenn es eine Glastür gegeben hätte, blieb er liegen - regungslos.

Für die nur wenig später eintreffende Feuerwehr bot sich ein wüstes Bild der Zerstörung. Den aufgetretenen Brand hatte sie aber schnell unter Kontrolle.

Die ungeheure Explosion hatte jedoch das Haus fast völlig zerstört. Nicht nur die Wände hatten gelitten, es hatte sogar das Dach ein wenig angehoben. Die Ermittler mussten mit Einsturzgefahr rechnen. Man würde warten, bis der Tag anbricht, um sich ein klares Bild vom Unglücksort verschaffen zu können.

Weiter gab es hier im Augenblick nichts mehr zu tun. Auch der Notarzt hatte Gaston Sammler absolut nicht mehr helfen können. Die fatale Explosion hatte dessen exklusives Leben für immer ins Nichts geblasen.

Alfred fegte es aus seinem Sessel. In den Lokal-Nachrichten hörte er die Meldung, dass es eine Explosion gegeben hatte. Alfred lächelte – natürlich hatte er das erwartet.

Aber bei den nächsten Worten des Radiosprechers erstarrte er.

„Wie wir soeben vom Einsatzleiter der Feuerwehr erfuhren", hörte Alfred, „sind bei der Explosion **zwei** Menschen umgekommen, der bekannte Fernseh-Hobby-Koch Gaston Sammler und eine bisher noch unbekannte Frau."

Alfred stand immer noch vor dem Radio, unfähig zu jeglicher Bewegung. Er wusste in derselben Sekunde der Radio-Mitteilung den Namen.

Gisela war offensichtlich nicht bei der Nachbarin und offensichtlich hatte sie einen Schlüssel gehabt, hatte einen heimlichen Treff.
Gisela würde nie mehr zurück kommen, wird nie mehr zu Alfred zurück kommen.

Am nächsten Morgen nahm sich Alfred die Zeitung vor – das riesige Bild auf der Titelseite sprang ihn an. Die Explosion im Hause Sammler war der Aufmacher der örtlichen Tageszeitung – mit einem Bild vom zerstörten Haus. Und natürlich wollten Radio und Fernsehen dem nicht nachstehen. Alle örtlichen und überregionalen Sender sendeten darüber, was das Zeug hielt.

Die Zeitung ergab keine konkreten Hinweise auf den Grund der Explosion. Eine Polizeisprecherin sagte nur kurz und knapp, dass in alle Richtungen ermittelt werde, im Augenblick aber ein Unfall für wahrscheinlich gehalten wird.

In verschiedenen Radiosendern waren mehr Spekulationen zu hören. Da war die Rede sowohl von einem Unfall, sowie auch von einem möglichen Attentat, das ein Neider des Fernsehkochs zu verantworten hatte.

Dass ein so fähiger Koch seinen Gasherd nicht beherrscht, wollten die meisten der Interviewten zunächst nicht einsehen. Im Laufe des Tages schlossen aber immer mehr dies auch nicht ganz aus. Ein Unfall oder Vergesslichkeit kann schließlich jeden treffen.

Geschichte 5

Des einen Freud - des anderen Leid

Untertitel:

Rasenmäher-Roboter haben nicht nur Freunde.

Ein Roboter im Garten bringt Freizeit.

Friedhelm und Pauline haben einen schönen Garten. Schon vor vielen Jahren hatten die beiden ein Haus im Grünen gekauft – mit einem großen Garten. Und der Garten sah inzwischen wie ein wunderbar anzuschauender Park aus. In dem hatten ihre Kinder immer mit ihren Freunden so wunderschön spielen können.

Aber die Kinder Michael und Susanne waren inzwischen selbst erwachsen, hatten beide einen Beruf und wohnten seit einem Jahr in einer anderen Stadt – weit entfernt von ihren Eltern.

Auch bei Friedhelm und Pauline hatte sich etwas geändert. Pauline war wieder in ihren Beruf in Vollzeit zurück gekehrt. Die Zeit für den Garten war jetzt nicht mehr so reichlich da – wo die beiden jetzt arbeiten und erst am Nachmittag wieder zurück sind.

Mit den Jahren waren die beiden ja auch älter geworden. Und Friedhelm und Pauline dachten darüber nach, wie sie mehr freie Zeit und trotzdem einen schönen Garten haben können.

Sich nach der Arbeit in ihrem schönen Garten zu erholen, das war jetzt noch wichtiger geworden.

Die beiden gingen durch den Garten und kamen dabei auch über ihren gepflegt angelegten Rasen. „Ich habe eine Idee!", sagte Friedhelm und sah seine Pauline lächelnd an.

Pauline legte den Kopf etwas schief, die Stirn in Falten und sah ihren Mann fragend an.

„Und – wie sieht deine Idee denn aus?", sagte sie. „Ja", sagte Friedhelm, „wir haben doch einen ziemlich großen Rasen. Und die Zeit, um immer das Gras schön kurz zu halten, die haben wir doch nicht mehr so viel – wo wir doch beide jetzt arbeiten."

Friedhelm machte eine Pause, und Pauline schüttelte fragend den Kopf.

„Also", begann Friedhelm erneut, „ich habe mir gedacht, dass wir uns einen Helfer besorgen, der uns die Arbeit mit dem Rasenschneiden abnimmt. So hätten wir beide viel mehr Zeit für uns. Und ich meine, dass es auch an der Zeit ist, unsere Gartengeräte etwas zu modernisieren. Na - Pauline, kommst du drauf, was ich meine?"

„Natürlich!", rief Pauline aus. „Natürlich weiß ich das! Du meinst einen Rasenroboter– nicht wahr?" Friedhelm grinste übers ganze Gesicht. „Genau – so etwas meine ich. Und wie ich an deinem Gesicht sehe, bist du wohl auch nicht dagegen."

„Nein – das bin ich nicht!", sagte Pauline und lächelte dabei. „Lass uns gleich informieren, was es da so gibt. Von mir aus können wir auch gleich morgen früh in die Stadt fahren und in einige Geschäfte gehen, um uns auch dort beraten zu lassen. Ich hätte das mit einem Roboter ja nicht angesprochen, wo wir doch alles immer so schön natürlich bearbeitet haben, sogar mit großer Freude daran, danach zu sehen, was wir getan haben und wie schön alles geworden ist. Aber daran gedacht habe ich auch schon einmal, dass uns so ein Rasenroboter Arbeit abnehmen kann."

Friedhelm nahm seine Frau in die Arme und war glücklich darüber, dass auch sie an seiner Idee Gefallen hatte. Gleich morgen früh – schließlich war dann Samstag, wo sie nicht arbeiten müssen – werden sie Paulines Vorschlag verwirklichen und in die Stadt fahren. Und Friedhelm holte ein Maßband aus dem Keller, um die Größe des Rasens, die Arbeitsfläche, genau auszumessen.

Noch am selben Abend saßen die beiden vor ihrem Computer und sahen sich Informationen über solche Rasenmäher-Geräte an.

Und Friedhelm berichtete am nächsten Morgen beim Frühstück seiner Pauline, dass er schon von einem Roboter geträumt hat, der ihn darum bat, ihm einen Namen zu geben, auf den er hören kann.

„Ach so!", schmunzelte Pauline. „Mein Mann kann es also gar nicht abwarten, dass unser Roboter arbeitet und wir dabei die Füße hochlegen, wenn wir ihm bei der Arbeit zusehen."

Friedhelm lachte und stimmte zu. „Ja – so ist es wohl! Aber sag mal, wo wir gerade so lustig in Stimmung sind. W i e sollen wir den Roboter denn rufen? Hast du einen Vorschlag?"

„Darüber habe ich ja noch nicht nachgedacht, aber es scheint so, als ob du dich schon dazu entschieden hast, dass unser Roboter männlich wird! Könnte es auch eine Roboterine sein?"

Friedhelm lachte erneut. „Das sollten wir klären, wie das Gerät aussieht, wenn wir es vor uns sehen, vielleicht ergibt sich das dann von allein."

Eine Stunde später fuhren die beiden in die Stadt. Und nachdem sie endlich einen Parkplatz gefunden hatten – was wegen der vielen Besucher am Samstag schwierig war – gingen sie durch die Eingangstür eines großen Supermarktes, der Rasen-Roboter verkauft.

Das heißt – sie wollten in den Supermarkt hinein, doch in ihrer großen Kauflaune hatten sie vergessen, sich einen Einkaufswagen zu nehmen, ohne den sie nicht hinein durften.

Daran hatten Pauline und Friedhelm gar nicht gedacht, weil sie eigentlich nur vor hatten, sich von einem Verkäufer beraten zu lassen. Kaufen wollten sie heute noch nicht, weil sie sich erst verschiedene Modelle in mehreren Geschäften ansehen wollten.

Der maskierte Mann am Eingang aber war unerbittlich. Und nach ganz kurzer Überlegung war Pauline und Friedhelm auch klar, dass sie nur einen kurzen Moment vergessen hatten, dass gerade eine sehr ungewöhnliche Zeit herrscht – Corona-Zeit eben. Und eigentlich hatten sich die beiden ja schon seit einiger Zeit an Maskenpflicht gewöhnt.

Friedhelm ging ein kurzes Stück zurück – zum nächsten Stand der Einkaufswagen, warf ein 1-EURO-Stück hinein und kam zu Pauline zurück.

Beide mit einem Mund- und Nasenschutz verkleidet – so betraten sie dann den Supermarkt. In der Elektronik-Abteilung fanden sie auch gleich, wonach sie suchten. Rasenmäh-Roboter in vielen Farben und Größen standen dort bereit, um mit ihren neuen Besitzern riesige Rasenmengen zu bearbeiten.

Pauline hatte sich nach kurzer Zeit - und noch bevor ein Verkäufer es ihr eventuell anders empfehlen würde – in ein Robotergerät verliebt.

Pauline strahlte nur so, dass Friedhelm kurz davor war, sich ein bisschen eifersüchtig zu fühlen.

Aber dann wurde ihm bewusst, dass Pauline einfach nur einen sehr guten Geschmack hat und er selbst wohl auch dieses Gerät aussuchen würde, wie Pauline es offensichtlich schon vor ihm getan hatte.

Die beiden blickten sich nur an – ob auch der Roboter einen Blick riskierte, ist nicht bekannt. Für Pauline und Friedhelm war nach nur diesem einen Blick klar, dass ihr neuer „Angestellter" vor ihnen lag – groß, stark und knallrot.

Weitere Überlegungen waren nicht mehr nötig. Es stand also fest. Der rote Roboter sollte den Vertrag „Angestellter für Rasenangelegenheiten" erhalten und wurde sogleich ins Auto verladen.

Der Verkäufer war zwar etwas verdutzt, dass sich seine Kunden so schnell und zielgerichtet entschieden hatten, wo er doch eigentlich seine Kenntnisse aus verschiedenen Lehrgängen gerade los-lassen wollte. Aber letztlich war er hoch-erfreut, dass die beiden eines der teuersten Geräte am und im Markt gekauft hatten.

Es war immer noch Samstag. Die frischen Besitzer eines knallroten Super-Mäh-Roboters hatten Zeit. Der blaue Himmel über dem Garten bot sich an, das Gerät gleich mit seiner Arbeitsfläche vertraut zu machen.

Natürlich ist das nicht so einfach. Einen Stecker einstöpseln und los – oder Benzin in den Tank und los, nein, mit einem Rasenmäher-Roboter kann man dies nicht so einfach machen.

Friedhelm wusste bereits aus seinen Recherchen, dass das zu bearbeitende Gebiet eingerichtet und ausgerichtet werden muss. Schließlich muss der Roboter genau wissen, wohin er soll und wohin er keinesfalls darf.

Friedhelm schaffte diese Begrenzungen in nur kurzer Zeit. Pauline war mit technischen Sachen auch aus ihrem Beruf vertraut. Es machte ihr überhaupt keine Probleme, das Gerät so einzustellen, dass es weiß, wann es arbeiten soll.

Und es war sogar noch Zeit, dem Gerät eine kleine Hütte zu bauen und Strom nach dort zu verlegen, damit der Akku wieder selbständig aufladen kann. Ja – selbständig, denn der kleine rote Kerl soll immer wieder von ganz allein seine Auflade-Station finden können, so steht es zumindest in den Beschreibungen.

Aber das wollen Pauline und Friedhelm erst am nächsten Tag in aller Ruhe ausprobieren.

Für heute sollen die Aktionen abgeschlossen sein. Mit einem leckeren Glas Wein in Händen klang für die beiden der Tag aus – mit voller neugieriger Erwartung, was der morgige Sonntag bringt.

Sonntag – beim Frühstück.

„Was meinst du, Schatz? Sollen wir unseren Angestellten heute am Sonntag aus seiner Ruhegarage locken?"

„Na klar!", rief Friedhelm voller Tatendrang und trank mit einem letzten Zug seinen Kaffee aus. „Wir wohnen hier ja weit weg von allen Nachbarn. Da stören wir keinen, wenn „der Herr" laute Töne von sich geben sollte, was ich nicht vermute."

„Aha, da haben wir es ja! Der „Herr" also! Unser Roboter ist also ein Herr?", fragte Pauline und sah ihrem Friedhelm abwartend in die Augen.

Der lachte und meinte: „Schatz – natürlich nur, wenn es dir recht ist. Ich meine, dass unser Angestellter so kraftstrotzend aussieht, dass es wohl ein männlicher Name für ihn sein sollte. Ansonsten, bei einem weiblichen Namen, müsste ich mir sonst ein Muskel-bepacktes weibliches Wesen vorstellen. Finde ich nicht so gut, ehrlich."

Jetzt lachte auch Pauline. „Also gut, eigentlich hast du ja recht. Dann hätte ich aber auch gleich einen Vorschlag, wie wir einen männlichen Namen für unseren Angestellten in Verbindung mit deiner muskulösen Vorstellung von gerade finden könnten. Wie wäre denn „Muskel-Mäxchen?"

Beide konnten sich vor Lachen kaum halten, und Friedhelm meinte: „ Dann lass uns mal nach unserem Herrn „Muskel-Mäxchen" sehen!"

Pauline startete das Programm. Erst war nur ein leises Summen aus der Ladestation zu hören, dann hatte „Muskel-Mäxchen" wohl den Wecker gehört und rollte fast nicht hörbar hinaus, begutachtete seine Arbeitsstätte und tat seine Pflicht, wie alle Roboter ihre Pflicht zu tun haben.

„Wie leise der ist - finde ich toll!", freute sich Pauline. Friedhelm nickte. Auch seinem Gesicht sah man an, dass er begeistert war, und im Geiste fand er sich im Liegestuhl wieder, ein Buch in der Hand, ein dunkles Weizenbier im Kühler neben sich, während „der Angestellte" summend und brav seine Arbeit macht.

An der Grundstücksgrenze fanden sich noch einige weitere Beobachter ein. Diese betrachteten – manche etwas nervös, die anderen neugierig – den auf dem Rasen fahrenden Gegenstand, der für sie alle hier auf dem Gelände neu ist.

Zum zuerst erschienenen Kaninchen hatte sich nach und nach noch ein Reiher aus dem direkt am Grundstück fließenden Bach eingefunden, dann erschienen ein Igel, ein Fasan und zwei Frösche. Und ein mahnend aufgeplusterter Vogel kam auch noch dazu und fing sogleich eine Diskussion darüber an, ob das „Ding auf dem Rasen" wohl gefährlich ist.

Bei dem Wort gefährlich ging das Kaninchen sofort in Deckung und wartete erst einmal ab.

Das „Ding" auf dem Rasen kam jetzt auf die Tiere zu, die zögerten, ob sie bleiben oder sich erst einmal alle in Sicherheit bringen sollen.

Vor allem der Igel kreischte laut auf und wollte in Panik fliehen. Der Fasan sagte: „Fliehen können wir immer noch, wenn „Es" zu nahe kommt!"

Und die ratlosen der anwesenden Tiere erhielten jetzt genaue Aufklärung, was das „Ding" nun wirklich ist, als plötzlich noch ein Reh aus dem Wald in der Nachbarschaft erschien.

„Ich kann euch sagen, was das für ein „Ding" ist, das da vor euch auf dem Rasen herum rollt. Das komische Blechteil nennt sich „Rasenmäher-Roboter". Ich kenne so etwas von anderen Grundstücken im nahen Dorf. Dort rollen inzwischen ziemlich viele „von denen" auf den Rasenflächen herum. Der Vorteil ist, dass die nicht so laut wie andere Mäher sind. Der Nachteil ist aber, dass sie sich so anschleichen können."

Jetzt meldete sich der Igel: „Davon kann ich ein Lied singen. Freunde von mir sind schon von so einem Teil ernsthaft verletzt worden. Da lagen sie friedlich auf dem Rasen und hielten Mittagschlaf, als „diese Dinger" sich anschlichen und sie überfahren wollten. „Die" haben scharfe Messer unten, mit denen sie zwar das Gras schneiden, was sie ja sollen, aber wenn wir unter diese Monster geraten, dann geht es uns schlecht."

„Das ist wohl richtig!", schaltete sich das Reh wieder ein. „Aber diese „Dinger" können nicht überall hin. Die Menschen steuern sie so, dass diese Mäher nur bestimmte Gebiete erreichen, wo sie arbeiten sollen. Außerhalb dieser Begrenzungen sind wir also sicher.

Ihr werdet sehen, dieses „Teil", das auf uns zufährt, wird noch rechtzeitig v o r uns abdrehen - wenn nicht, dann können wir immer noch fliehen!"

Plötzlich gab es hinter den versammelten Tieren ein lautes Geräusch. Alle erschraken. Dabei waren es nur drei Schafe, die riefen: „Haben wir da gerade etwas gehört, was mit „Mäh" oder „Mähen" zu tun hat? Sind Verwandte hier?"

Der Fasan antwortete den Schafen: „Da habt ihr richtig gehört. Was wir alle hier vor uns sehen, das hat schon etwas mit „Mähen" zu tun. Ansonsten aber hat „das Teil" da nichts mit uns oder mit anderen Tieren zu tun!"

Inzwischen waren auch die beiden Frauen des Fasanen näher gekommen, und auch sie beäugten argwöhnisch „das Teil", das da summend seine Kreise auf dem Rasen zog.

Tatsächlich hatte der Rasenmäher-Roboter noch rechtzeitig vorher eine andere Richtung genommen, bevor er die Tiere am Rand der Wiese erreicht hat.

„Seht ihr!", sagte das Reh stolz. „Ich habe es doch gesagt. „Das Ding" hat tatsächlich vor uns gestoppt. Wir wissen jetzt also, ab wo wir sicher vor „dem" sind und auf welchem Gebiet wir vorsichtig sind und aufpassen müssen!"

Zwei Tage später gab es Lärm auf der Wiese. Nein - das war nicht der Roboter, der vielleicht kaputt gegangen war.

Es war die große Familie von Regenwürmern, die unter der Wiese in der Erde wohnt. Ein großes Unglück war passiert. Die dort lebenden Regenwürmer hatten gehört, dass oben etwas neu war an Geräuschen.

Zunächst hatten sie sich nichts dabei gedacht, aber jetzt waren sie doch zu neugierig geworden. Einige von ihnen waren nach oben gekrochen und hatten nervös hinaus geschaut, um zu sehen, was denn dort oben los ist. Sie hatten eigentlich vermutet, dass es vielleicht regnen könnte.

Es ist bekannt, dass Regenwürmer hoch kommen, wenn Regentropfen auf die Erde klopfen.

Dann sieht man sie nicht nur auf der Erde oder auf Wiesen, sogar auf Gehwegen oder auf Straßen kann man sie sehen.

Vielleicht haben die Würmer das Klopfen von Tropfen mit dem Geräusch des Mäh-Roboters verwechselt. Das Geräusch hört sich für Würmer vielleicht so ähnlich an und ist vielleicht wirklich ein kleines Klopfen, wenn die Messer unter dem Roboter rotieren und schneiden.

Die Menschen können Würmer nicht hören, aber nach und nach erschienen viele Tiere.

„Was ist los!" fragte das Reh. „Was macht ihr Regenwürmer denn für ein Geschrei!"

„Ja", rief jetzt auch der Fasan, „wenn die Menschen euch hören könnten, dann hättet ihr jetzt alle aufgeweckt!"

Erst jetzt sahen die Tiere, dass bei den Würmern etwas nicht stimmte und etwas „anders" auf dem Rasen aussah, was da sonst nicht hin gehört. Irgendwie war dort ein Fleck, der wie gematschte Erde oder so ähnlich aussah.

Immer mehr Regenwürmer kamen jetzt nach oben gekrochen. Sie alle wollten den Wurm trösten, der pausenlos weinte.

Ein Verwandter des weinenden Regenwurmes erklärte den vielen anderen erschienenen Tieren, was geschehen ist.

„Onkel Giesbert und Tante Frieda wollten wohl oben mal nachsehen, was denn dort für Geräusche sind, die wir uns nicht erklären konnten. Dabei waren sie wohl nicht vorsichtig genug – und da ist etwas Schreckliches passiert!"

Der Regenwurm musste jetzt noch mehr weinen und konnte kaum noch sprechen.

Daher fragte das auch erschienene Kaninchen: „Was ist denn genau passiert? Sag es uns bitte!"

„Ok", versuchte der Regenwurm jetzt weiter zu sprechen. „Wie ich schon sagte, Onkel Giesbert und Tante Frieda schauten oben aus der Erde.

Zu ihrem Unglück waren es aber keine Regentropfen, wie sie dachten. Es war dieses furchtbare „Ding", was jetzt da hinten fährt. Onkel und Tante sehen also oben aus der Erde. Plötzlich sehen sie direkt vor sich „das Teil" auf sie zu kommen. Tante Frieda zog schnell ihren Kopf ein, dem Onkel gelang es nicht. Das „Ding" hat ihn erwischt. Man kann ihn nicht mehr erkennen.

Und was noch weiter tragisch ist - ein weiterer aus seiner Familie sah auch noch nach, was oben passiert. Auch ihn hat „das Ding" voll erwischt. Ihr seht ja, wie das hier aussieht!"

Alle Tiere sahen sich an und waren sehr traurig darüber, was passiert ist. Von den Würmern war wirklich nichts mehr zu erkennen. Sie überlegten, wie sie helfen können, damit so ein schreckliches Unglück nicht noch einmal passiert.

Inzwischen waren auch die Schafe von der Weide nebenan da. Auch sie waren natürlich sehr traurig, hatten aber auch gleich etwas zu sagen.

„Damit das nicht wieder passiert, solltet ihr von der Wiese wegziehen. Das Reh hatte uns anderen Tieren damals gesagt, dass „das Ding" nicht überall hin kann. Es gibt eine unsichtbare Grenze in der Erde. Das haben die Menschen so gemacht, damit „das Ding" nicht weglaufen kann. Hinter dieser Grenze seid ihr sicher.

Wir zeigen euch, wo genau diese Grenze an der Wiese her geht. Wartet bitte ab, bis „das Ding" wieder in seiner Hütte schläft, dann kommt ihr nach oben und wandert hinter die Grenze. Dann seid ihr wieder sicher!"

Die Würmer bedankten sich fürs Trösten und für den guten Rat der Tiere. Und das Reh sagte: „Ich passe auf! Bleibt so lange unter der Erde, bis ich euch rufe. Ich klopfe 3 x ganz laut auf den Boden. Dann könnt ihr heraus kommen."

Noch einmal bedankten sich die Regenwürmer. Ein Wurm nach dem anderen verschwand wieder in der Erde. Und nachdem „das Ding" schlief, klopfte und rief sie das Reh, und alle Regenwürmer kamen aus der Erde und zogen ein Stück weit weg – in ihr neues Zuhause.

Eine Woche später gab es schon wieder ein lautes Wehklagen auf der Wiese. Dieses Mal ist es einer der Igel, dem etwas passiert war. Um einen schluchzenden Igel herum standen noch drei weitere Igel aus seiner Familie.
Dieser Igel, der dort verletzt lag, war der Opa der Igel-Familie – also der älteste Igel, der dort lebte. Er war mit einem Füßchen unter den Rasenmäher-Roboter geraten.

„Wie ist das denn passiert, Opa?", fragte sein Enkel, der den Verletzten vorsichtig streichelte.

„Na ja", antwortete der, „da war ich wohl leider nicht vorsichtig genug.

Ich wollte doch meinen alten Freund auf dem Grundstück von der anderen Seite der Straße besuchen und habe doch extra darauf geachtet, dass ich nicht über diese Wiese mit dem Ungeheuer muss."

Sein Enkel fragte sofort nach: „Aber jetzt liegst du hier, bist verletzt, weil du dem Ungeheuer begegnet bist. W i e s o   bist du denn jetzt hier auf der gefährlichen Wiese?"

„Ja, wisst ihr", sagte Opa kleinlaut, „das auf dem Hinweg hat ja alles so gut geklappt. Als ich auf dem Rückweg die Straße überqueren musste, da kam ein Motorrad und ich musste mich hetzen.

Da ist mir doch beinahe die Luft ausgegangen, aber zum Glück habe ich die Straße geschafft, bis ich wieder auf der richtigen Seite war. Aber das hat mich so aus der Puste gebracht und mich so müde gemacht, dass ich eine kurze Pause einlegen wollte.   Ich hatte ja auch vor, wieder um die gefährliche Wiese herum zu trippeln,   aber nach der Straßenaktion schien mir der Weg noch so weit, dass ich abkürzen wollte. Leider bin ich auf dem letzten Drittel der Wiese dann dem Ungeheuer begegnet, das mich überfahren wollte."

Die ganze Igel-Familie hatte entsetzt, aber auch ungläubig zugehört.

„Vorsicht! Vorsicht!", hörten sie mit einem Male die Warnrufe des Reihers, der über dem Grundstück seine Runden drehte.

„Vorsicht!", wiederholte der Reiher. „Da kommt schon wieder „dieses Ding" in eure Richtung. Seht zu, dass ihr vom Rasen herunter kommt!"

Die Igel schauten angstvoll zum heran rollenden Rasenmäher-Roboter und flitzten – so schnell wie es Igel nur können – davon, runter vom Rasen. Der Enkel sorgte dafür, dass es auch Opa-Igel schafft, sich in Sicherheit zu bringen.

Einen Monat lang ging alles gut, nichts passierte, keiner kam zu Schaden – auch keiner von den Tieren, die nach den Vorfällen mit dem Igel-Opa und den Regenwürmern sehr vorsichtig waren.

Bei den Schafen auf der Nachbarweide wurden die ersten Lämmer geboren.
Die Schaf-Eltern passten gut auf ihre Kleinen auf.
Aber auch Schafe müssen sich ab und zu mal etwas Ruhe gönnen und ein Schläfchen halten.

Und wie das auch bei sehr kleinen Menschen-Kindern ist – eines der kleinen Lämmchen war etwas z u neugierig.

Es wollte wohl wissen, was hinter der Hecke ist, wollte wissen, wer für die merkwürdigen fremden Geräusche zuständig ist.

Und hätte nicht der Silberreiher vom nahen Bach gerade seine Flugrunden gedreht – es hätte sehr übel für das Lämmchen ausgehen können.

Denn das neugierige Lämmchen kam in dem Augenblick durch die Hecke, als der Roboter in dessen Richtung unterwegs war. Zuerst erschrak das Lämmchen, dann siegte die Neugier und es näherte sich auch noch.

Der fleißig arbeitende Roboter führte nur seine Befehle aus und konnte nicht wissen, was da auf ihn zu kommt. Da machte der Roboter einen Schwenk und kam direkt auf das Lämmchen zu.

Fast wäre alles gut gegangen, aber im letzten Augenblick gab es noch einen Schwenk und eines der zarten Beinchen wurde getroffen. Zum Glück kam jetzt der Reiher im Sturzflug hinunter und rammte mit seinen langen Beinen den Roboter, der dadurch aus seiner Bahn gestoßen wurde.

Sonst hätte eines der Beinchen unter ihn geraten können, was sehr übel geworden wäre.

Das Lämmchen war jetzt gar nicht mehr neugierig, sondern nur noch ängstlich. Es gab einen lauten und kläglichen Ton von sich. Nur Sekunden später waren die Schaf-Eltern zur Stelle und brachten ihr Lämmchen in Sicherheit.

Der Silberreiher erklärte den erschrockenen Eltern, was soeben passiert war. Der Roboter drehte weiter seine Runden - wieder in der Spur.

Diese weitere Geschichte vom Zusammenstoß mit dem Rasenmäher-Roboter hörten nach und nach alle Tiere, die in der dortigen Umgebung wohnten.

Der Silberreiher flog von einem zum anderen und überbrachte ihnen die Nachricht, dass alle Tiere, die hier in der Nähe wohnen, zu einer Versammlung außer Reichweite des Roboters kommen sollen.

Das Treffen der Tiere soll am nächsten Nachmittag des nächsten Tages am Rande der Wiese erfolgen.

Dann war es soweit. Eine große Runde von Tieren war zusammen gekommen. Da waren der Silberreiher, einige der Igel-Familie, eine Abordnung der Kaninchen, die beiden Frösche und einige der dort und in der Nähe lebenden Vögel.

Zum Schluss kam auch noch der Fasan an gehechelt, der sich auf einem nahen Feld noch den Bauch vollgeschlagen hatte. Sogar einige der Würmer kamen aus dem Boden gekrochen.

Aber das waren noch längst nicht alle Tiere. Am Abend vorher hatte es noch eine riesige Überraschung gegeben.

Zwei Schafe, auf der Wanderung durchs Land unterwegs – waren zufällig auf unsere bekannten Tiere gestoßen.

Es waren das irische Schaf Bunglass und sein schottischer Freund McGregor. Die beiden hatten sofort gesehen, dass einer der Igel einen Verband trug, ebenso wie eines der Lämmchen.

Die Tiere hatten ihnen dann erzählt, was passiert war und wie es zu den Verletzungen kam. Und jetzt nahmen die beiden Schafe auch an der Versammlung der Tiere teil.

Zum Sprecher der Tiere wurde der Silberreiher einstimmig gewählt.

„So kann es doch nicht weiter gehen!", rief er. „Meint ihr nicht auch, dass wir eine Entscheidung treffen müssen?"

Die anderen Tiere nickten, wussten aber noch nicht, worauf der Silberreiher hinaus wollte.

„Nun", begann der erneut, „wir müssen uns entscheiden, ob wir unsere bisherige Heimat, zu dem auch der schöne Garten und vor allem auch der Rasen zählt, aufgeben wollen. Leider scheinen die Menschen, die den Roboter gekauft haben, gar nicht zu merken, dass sie uns von hier vertreiben, weil dieses Gebiet für uns zu gefährlich geworden ist. Oder - wollen wir um unsere Heimat kämpfen?"

Bei dem Wort „kämpfen" zuckten einige der Tiere sichtbar und mit lautem Stöhnen zusammen.

„W i e sollen wir denn kämpfen?", fragte ein Igel. „Und gegen wen? Den Menschen gehört dort hier alles – aber eigentlich ja auch uns ein bisschen, denn wir leben schon lange vor ihnen hier. Aber der Roboter, der ist neu und als letzter hier aufgetaucht. Sollen wir gegen d e n kämpfen? Und wie denn ?"

Die Antwort auf diese viele Fragen wurde ihnen abgenommen. Es passierte, was eigentlich nie passieren darf.

Der Rasenmäher-Roboter hatte seine Runden gedreht, schon vor der Versammlung und auch während dessen. Gerade hatte er wieder die Richtung der versammelten Tiere eingeschlagen. Das war schon einige Male passiert, und der Roboter war dann immer rechtzeitig abgebogen.

A b e r jetzt fuhr er weiter, fuhr über die Sperre hinweg und erreichte schon fast die Tiere.

Der Silberreiher erkannte die Gefahr zu allererst: „Genug ist genug!", rief er. „Damit ist die Antwort da. Wenn wir fliehen, dann verlieren wir endgültig unsere Heimat. Ich werde kämpfen!"

Damit flog er auf den Roboter zu. Die Schafe Bunglass und McGregor sahen sich an und wussten beide, dass der Silberreiher Hilfe braucht.

Auch sie stürmten auf den Roboter zu. Bunglass sah ein breites Brett am Rasenrand liegen, schnappte sich dies und legte es auf das Ende des Rasens, wo sich alle Tiere noch befanden.

Der Roboter fuhr geradewegs weiter und auf sie zu. Eine Sekunde, bevor der Roboter die Schafe erreichte, hoben die das Brett an einer Seite an.

Der Roboter fuhr auf das Brett auf, das die beiden Schafe immer schräger hielten. Dann geschah, was die zuschauenden anderen Tiere nicht für möglich gehalten hatten.

Der Roboter fuhr noch ein Stück höher auf das Brett hinauf. Als Bunglass und McGregor das noch ein wenig mehr anhoben, rutschte der Roboter zurück und kippte auf den Rücken.

Was nun folgte, versetzte selbst Bunglass und McGregor in Erstaunen, die schon viele Abenteuer erlebt hatten.

Der Silberreiher rief den Kaninchen etwas zu. Diese hoppelten zu der Stelle, wo ein Schlauch an der Wand hing. Die Kaninchen rollten ihn aus. Der Silberreiher drehte mit seinem Schnabel den Hebel des Wasserkrans um, der Schlauch füllte sich und ein starker Wasserstrahl schoss heraus.

Die Unterseite des Roboters war nicht so geschlossen wie die Oberseite, die auch vor Regen sicher war.

Die Kaninchen richteten den Wasserstrahl auf die Öffnungen im jetzt ungeschützt offen liegenden Bauch des Roboters. Es gab eine Rauchwolke und ein lautes Geräusch, als der Akku explodierte.

Sämtliche Tiere waren jetzt sichtlich erschrocken und zogen sich hinter die Hecke zurück.

Einer der Igel weinte und flüsterte: „Jetzt werden die Menschen hier sehr böse auf uns sein! Es wird alles nichts nützen, sie werden uns jetzt bestimmt für immer verjagen, schluchz!"

Bunglass legte vorsichtig seine Pfote auf den Igel. „Soweit muss es nicht kommen, meine Freunde! Irgendwie müssen wir den Menschen zeigen, warum wir dies hier gemacht haben. Für uns war es so eine Art von Notwehr. Lasst uns beraten, wie wir den Menschen das alles klar machen."

Dann nahm Bunglass seinen Freund McGregor zur Seite und die beiden hatten eine gute Idee.

Die beiden gingen zu einem Geräte-Schuppen, der am Rand der großen Wiese stand. Bunglass öffnete die Tür und die beiden Schafe sahen sich um. Und sie fanden auch etwas, was die beiden gebrauchen konnten.

McGregor und Bunglass kamen zu den wartenden anderen Tieren zurück und staunten nicht schlecht, als sie ein weiteres Schaf erblickten.

Das für die beiden fremde Schaf stellte sich ihnen vor. „Hi – ich bin Mufflon-Willy!"

Und Mufflon-Willy sagte weiter: „Kein Wunder, dass die Tierchen hier alle etwas fassungslos sind. Kein Wunder – was hier gerade passiert ist.

Meine Verwandten hier bei den Schafen haben mir alles erzählt. Was machen wir nun?"

Bunglass und McGregor sahen sich an und lachten. „Mann, Mufflon-Willy! Was bis du für ein toller Typ. Wir können dich gut für unseren Plan gebrauchen."

Und dann erzählten sie zunächst ihm und dann den anderen Tieren, was sie für einen Plan haben. Mufflon-Willy wurde jetzt zum Haus geschickt, wo er dann Pauline und Friedhelm rufen sollte, wenn Bunglass ihm ein bestimmtes Zeichen gibt.

Es dauerte so ungefähr 10 Minuten. Zum Glück waren die Menschen noch nicht aus dem Haus gekommen. Sie hatten sicherlich nicht bemerkt, was da hinter dem Haus auf ihrem Rasen vor sich ging. Dann pfiff Bunglass und gab das Signal für Mufflon-Willy.

Mufflon-Willy zelebrierte seinen großen Auftritt. Mit lauten „Määähhh" – Rufen tänzelte er vor der großen Scheibe des Wohnzimmers herum.

Und natürlich erweckte dies sofort die Aufmerksamkeit von Pauline und Friedhelm. Die sahen sich nur kurz völlig verwundert an, dann stürzten die beiden hinaus in den Garten. Und was sie dort zu sehen bekamen, dass hätten die beiden in ihren kühnsten Träumen nicht erwartet. Zuerst sahen sie den qualmenden und auf dem Rücken liegenden Rasenmäher-Roboter.

Aber dann fielen ihre Blicke sofort auf ein Bild, das wohl den Eindruck „erbarmungswürdig" verdient hat.

Friedhelm und Pauline sahen sich immer wieder an, schüttelten beide staunend nur die Köpfe.

Am Rande der Wiese sahen sie eine Gruppe von Tieren, die sie noch nicht einmal einzeln bislang bemerkt hatten. Und wie diese Tiere dort standen und aussahen – sie fanden keine Worte.

Bunglass und McGregor hatten im Geräte-Schuppen weißen Stoff gefunden, den sie in Streifen zerrissen hatten. Damit hatten sie Verbände hergestellt. Und den Punkt obenauf machte noch die Farbe Rot. Diese durchtränkte manchen Verband, war aber nur der Saft von Brombeeren und Kirschen aus dem Garten. Wie ein Haufen Verwundete sahen die Tiere aus.

Bunglass und McGregor hatten alle drei Igel mit „rot-saftigen" Verbänden ausgestattet. Zwei der Kaninchen trugen ihre Arme in Schlingen. Und das Lämmchen hatte ein Bein verbunden. Das sah aus, als blute eine Wunde. Der Reiher hatte sich tot-stellend auf den Rücken gelegt und bewegte sich nicht.

Alle erschienenen Tiere sahen Pauline und Friedhelm klagend an, standen bzw. lagen ganz still und warteten ab, was die Menschen nun machen werden.

Pauline und Friedhelm sahen abwechselnd zum immer noch qualmenden Rasenmäher-Roboter, dann wieder zur Versammlung der Tiere.

Den beiden dämmerte, was dies hier alles bedeuten soll. Das gesamte vor ihnen liegende Bild sprach eine mehr als deutliche Sprache.

Friedhelm rief ganz laut zu den stumm versammelten Tieren: „Wir haben verstanden! Es tut uns wirklich mehr als leid, was da leider mit euch passiert ist. Ich verspreche, dass ich ab sofort wieder selbst den Rasen mähen werde; so viel Zeit muss sein - versprochen, ehrlich!"

McGregor, der die menschliche Sprache gut versteht, übersetzte den Tieren alles.

Die machten nun alle ein paar Schritte auf die Menschen zu und verbeugten sich, was auf ihre Art ein Dankeschön ausdrückte.

Dann zogen sie sich alle vom Rasen hinter die Hecke zurück. Mann – was waren sie glücklich!

Pauline und Friedhelm hoben ihren jetzt nicht mehr qualmenden Rasenmäher-Roboter auf und trugen ihn zum Geräte-Schuppen.

Bunglass und McGregor verabschiedeten sich von den Tieren und machten sich auf – wahrscheinlich zu neuen Abenteuern.

ENDE

der „denkwürdigen" Geschichten

<u>**Nachfolgend**</u> finden sie die Bücher
mit ISBN-Nummern von **Wolfgang Pein.**

Alle Bücher gibt es **a u c h als E - Book.**
Die **Kinder – Bücher** wurden für Kinder,
Jugendliche und zum Vorlesen geschrieben.

Schaf-Geschichten mit Johanna
(ein **K i n d e r –** Buch
- leider **n i c h t** mehr lieferbar)
(ISBN 9783848251032)

The adventures of two sheep friends
(in Englisch - ISBN 9783732233328)

Schafe mähen nicht nur Gras
(208 Seiten **– Roman -** ISBN 9783738606584)

Schafe brauchen auch mal Urlaub
(208 Seiten **– Roman -** ISBN 9783739241074)
Schaf-Geschichten aus dem schönen Vinschgau
(Südtirol/Norditalien - ISBN 9783837079241)

Sheep Fight For Freedom
(in Englisch **– Roman -** ISBN 9783741279713)

----

vier letzte Tage im Februar
(ein Kriminal **–** Roman - ISBN 9783743195417)

Eine falsche Badehose im Haifisch – Becken kann tödlich sein
(ein tödlicher Kriminal **–** Roman aus dem Bereich
der Finanzen und Bilanzen - 260 Seiten -
ISBN 9783744835091)

Ruhe sanft oder wie ich im Keller endete
(**eine A k t e erzählt** aus ihrem Leben)
(locker und fröhlich erzählt – endlich mal ein
Behörden-Verfahrens-Gang, den jeder versteht -
ISBN 9783744895286)
Irland und ein etwas anderes
Irisches Tagebuch
(ein farbiger Reisebericht -
ISBN 9783744837996)

Schottland und ein „etwas anderes
Schottisches Tagebuch"
(ein weiterer farbiger Reisebericht -
ISBN 9783746012582)

----

ein tödlicher Workshop
(ein Kriminal – Roman aus einem Literatur-Camp
- ISBN 9783746037028)

Sorry, leider kann ich nicht vergessen
(ein Kriminalroman um gebrochene Versprechen
- ISBN 9783752835533)

Ferien beim Froschkönig (ein **Kinder** - Buch –
ISBN 9783746093185)
Manchmal sind Pläne für die Katz
(ein Justiz - Thriller - ISBN 97837528863)
Von Ameisen in Gefahr und
einem sprechenden Brunnen
- ein **Kinder** – Buch
ISBN 9783746093185)

Drei Könige im Abendland – oder wie es
dazu kam, dass sie im Jahr 2012 immer
noch die Krippe suchten

(vergnügliche Winter-Geschichten -
ISBN 9783748128939)

**Wenn aus Feinden Freunde werden können
oder Lehrstunden aus dem Reich der Tiere**
(ISBN 9783748157410)

----

welcome in Irland
(ein weiteres Irisches Tagebuch mit **36
Farbseiten** - ISBN 9783739244693)

**Ein Experiment mit Autoren, die ihre ersten
Geschichten vorstellen**
(Tiergeschichten – ISBN 9783748158417)
Liebe in Zeiten des Todesstreifens
(ein Tatsachen-Roman
über ein Paar aus Ost und West –
zum 30 jährigen Mauerfall 2019 -
ISBN 9783738610352)

**Am Ende siegt (vielleicht)
der Mensch**
(ein Computer – Thriller
über „Künstliche Intelligenz" -
ISBN 9783750452916)

**Am Anfang war es nur diese eine
unbedachte Sekunde**
(ein zweiter **K I** - Roman, der abgeschlossen,
aber auch als Folge-K I gesehen werden kann
ISBN 9783751967358)

Wenn des Grabes Stimme spricht
(der Abschluss der K I - Trilogie ISBN
9783751918404)

**Wenn Tiere Hilfe brauchen - gut, dass
es dann Freunde gibt.**
(ein **Kinder** – Buch mit vielen Tier-Geschichten –
ISBN 9783752668032)

**Was Kinder sich damals zu
Weihnachten wünschten – 1942 erdacht,
geschrieben und bebildert von einem
12-jährigen Mädchen.**
(ein Weihnachts – Märchen für jung und alt –
ISBN 9783752691481)

Purzelmann`s Abenteuer
(Die Abenteuer eines kleinen Hasen –
ein Kinderbuch)
ISBN 9783753421452)

**Künstliche Intelligenz –
Kontrollverlust nicht auszuschließen**
(die zusammen-gefaßten 3 **KI**-Bücher
als **Trilogie – 452 Seiten –**
ISBN 9783753497723)

I N F O S
zum Autor Wolfgang Pein:
1992 folgte der **Wiedereinstieg** in die Geschichten-Schreiberei.

Meine jetzige Frau Helga und ich waren mit einem Wohnmobil in Norwegen. An Bord waren auch unsere Schweizer Freunde Karl und Beatrice. Am Abend entstand die Sitte, dass ich „im Land der Elche" vor dem Einschlafen auch immer eine Gute-Nacht-Geschichte erzählen sollte, in denen immer auch ein Elch vorkommen musste.
Unsere Schweizer Freunde hatten schon vorher viel Freude daran, weil ich ihnen manchmal Sprüche im O -Ton von unserem damaligen Bundeskanzler Helmut vortrug, um nur ein kleines Beispiel zu nennen.
Es klappte auch sehr gut mit den Gute-Nacht-Geschichten.
Die Stimmung war so toll, dass Helga und ich uns spontan verlobten - im Geiranger-Fjord bei den Wasserfällen „7 Schwestern".

Nach dem Urlaub verlegte ich mich darauf, meine neuen Einfälle mal aufzuschreiben und sie unseren Freunden zu schicken.
Das kam sehr gut an. Es gibt zum Beispiel die Geschichte „Warum der kleine Elch nicht mehr Ski fahren konnte."
Die Geschichten waren wohl gut, denn bis heute haben unsere Schweizer uns die Freundschaft nicht gekündigt. Karl ist sogar mein Trauzeuge geworden.

Die Leser meiner Elch-Geschichten wurden immer mehr, aber alles spielte sich im ganz kleinen privaten Rahmen ab. Es war ein Spaß!

Dann spielte einmal eine Elch-Geschichte bei den Birkebeinern in Norwegen, wo die ersten Elche Ski fahren lernten, versehentlich auf einen Hügel wie eine Schanze gerieten und so den ersten Elch-Ski-Sprung auf einer Schanze vollführten. Diese Geschichte schickte ich direkt an König Harald von Norwegen ins Königliche Schloss in Oslo. König Harald ist bekannt als volksnaher König, dem Fantasie und Humor nicht fremd sind. Ich hätte darum gewettet, dass eine Antwort kommt!

Und tatsächlich kam auf dem Briefpapier des Königlichen Schlosses Oslo ein Brief des 1. Sekretärs des Königs mit einem herzlichen Dank des Königs für diese Geschichte.
Eine norwegische „Weihnachts-Elch-Geschichte" habe ich darauf hin an den Heiligen Vater persönlich in den Vatikan in Rom übermittelt.
Und auch von dort kam ein Brief mit einer Danksagung zurück und dass mich der Heilige Vater mit in seine Gebete einschließt (obwohl ich evangelisch bin und dies in meinem Anschreiben nicht verheimlicht habe).
Beide Antwort-Briefe habe ich bis heute als Schätze wohl verwahrt.
Auch wenn meine „Schaf-Geschichten Bücher" unter Humor laufen, dies ist wahr, der Beweis kann angetreten werden.

In größeren Abständen entstanden noch einige Elch-Geschichten, dann schlief die Sache aber für Jahre ein. Allerdings wurde ich zwischendurch immer mal wieder daran erinnert, doch wieder neue Geschichten zu schreiben. Das ging so bis Anfang 2006. Den letzten Anstoß dazu kann ich nicht mehr genau nennen.

W o die Idee zu einer weiteren Geschichten kam, das weiß ich noch ganz genau. Manche haben ihre besten Ideen eben in der Badewanne, wo viele sich erstaunlicher Weise zu singen trauen, andere auf gewissen Örtchen, wo man über die Welt und wirklich Wichtiges sinnieren kann und die Kreativität plötzlich los bricht, wie bei mir - und es war nicht zu Hause.

Für mich waren „die Elche" nun durch.

Und zur damaligen Zeit waren eigentlich „Schafe" ganz aktuell. Man fand sie fast auf jeder Kaffetasse und so weiter.
Da meine Frau und ich damals schon totale Irland-Fans waren und auch schon viele sagenhafte Wochen auf der wunderschönen Insel erlebt haben, war der Entschluss in trockenen Tüchern.
Ich dachte mir, warum sollte es nicht mal eine Schaf-Geschichte sein?
In Irland gibt es zum Beispiel m e h r Schafe als Menschen.

Nur, w a s macht dann mein Schaf, w i e heißt es und w o kommt es her?

In einem Irland-Urlaub waren wir im Nordwesten in Glencolumbkille.
Dies ist doch ein s e h r irischer Name und ein guter Anfang.
Mein Schaf kommt also aus Glencolumbkille.
Dort in der Nähe gibt es die „Cliffs of Bunglass" und so war   der Name meines Schafes geboren – **BUNGLASS**.
Mein Held i s t   also „Bunglass aus Glencolumbkille", na bitte!
Dort im Ort ist auch ein Heritage-Center, wo Bunglass wohnt und die Geschichten ihren Anfang nahmen.

In meinem 1.Buch „Schaf-Geschichten aus dem Münsterland", das im BoD Verlag erschienen ist, macht sich eben dieser Bunglass von dort aus auf den Weg nach Deutschland. (… ist nur noch bei mir erhältlich !)
Bunglass will in Deutschland bei einer großen Behörde in Münster ein „Praktikum" machen, für ein Schaf sicherlich ein tierisches Erlebnis.

Das klappt auch und Bunglass wird danach aber vom Heimweh nach den grünen Wiesen Irlands und seinem Guinness getrieben. Er trabt also erst mal wieder in seine Heimat zurück.

In seinen weiteren Abenteuern lernt **Bunglass** auf der Durchreise mit Helga und Wuulfgeng bei Dumfries in Schottland einen neuen Freund kennen, seinen Schaf-Freund **McGregor**.

Unsere irischen und schottischen Schafe leben nun seit geraumer Zeit bei uns im schönen Münsterland und sie wollen wohl für immer bleiben.

Es versteht sich von selbst, dass sie inzwischen die „menschliche" Sprache verstehen und jetzt auch vorzüglich sprechen, außer irisch, gälisch und schottisch mit verschiedenen Highland-Dialekten natürlich.

Inzwischen ist nicht nur mein 2. Buch „Neue Schaf-Geschichten aus dem Münsterland" erschienen. Unsere Tierchen haben auch schon an vielen Orten für Wirbel gesorgt. (Dieses Buch ist auch nur noch bei mir erhältlich!)

Die Schafe waren Gäste im Juni 2010 in Telgte bei einer Ausstellung der Malerin Michaela Krahn aus Albersloh. Dort erfolgten auch meine „ersten Lesungen vor Publikum", was echt richtig aufregend war.

Nach und nach folgten verschiedene Interviews mit den „Westfälischen Nachrichten" und der „Dreingau Zeitung". Es gab mehrfach Titelseiten, nochmals vielen Dank.

In einer der Schaf-Geschichten haben die Schafe auch entlarvt, dass es nicht nur im Bereich der Achttausender einen Yeti gibt.

Den gibt es auch in Glurns! Das ist ein wunderschönes kleines Städtchen im Vinschgau in Südtirol/Italien.

Der dortige Yeti lebt dort geheim als der Karl Hofer mit seiner Frau Pia.
Mit dem Yeti gehen Bunglass und McGregor auch auf Bergtouren und auf den „Jakobs-Weg", der auch wirklich durch Glurns verläuft.
In beiden Büchern erleben die Schafe viele Geschichten, die sich aus Wahrheit, Fantasie und eigenen Erlebnissen vermischen.

Zum Glück gibt es viele Fans, die damit etwas anfangen können.
Bunglass und McGregor könnten schon einen großen Fan-Club aufmachen, denn sie haben inzwischen Freunde in Deutschland von Albersloh über Hilden, Werne, Kirchlinteln, Weingarten bis Oberschleißheim und in der Schweiz, Irland, Schottland und Italien, sogar in den Vereinigten Staaten.

In Glurns gab es in Yeti`s Garten ein Interview mit einer Südtiroler Zeitung „dervintschger" im Juni 2011. (Ausgabe 27 für ganz Südtirol)
Ein Interview-Bild dort zeigt den Autor vor der historischen 500 Jahre alten vollständig erhaltenen Stadtmauer mit Bunglass, McGregor und Karl Yeti, der aus dem 2. Buch „Neue Schaf-Geschichten aus dem Münsterland" vorträgt.

Eigentlich war das mit den Schaf-Geschichten alles ja nur sehr privat als Hobby gedacht, es ließ sich aber nicht aufhalten. Es wurden immer neue Geschichten verlangt und die hatten einen richtigen „Lauf".

Es lief also sehr gut an, viele hatten ihre Freude an den Geschichten und nicht zuletzt m i r machte diese ganze Sache einen Riesenspaß; lenkte dies alles nicht zuletzt von „nicht so fröhlichen" Sachen ab, die sich täglich auf meinem Schreibtisch beruflich stapelten.

Also dachte ich, ein Jahr ziehe ich das Ganze dann einfach mal durch; mit allen Konsequenzen und Auslagen, denn verdienen kann man mit solchen privaten Möglichkeiten nicht, verbrauchen schon die Melde-Gebühren und das Fan- Porto nicht unerhebliche Beträge.

Also gab es auch eine große „erste eigene Lesung", die am 6.Mai 2011 in Drensteinfurt in der „Alten Post", einem wunderschönen historischen Gebäude, dann in meiner alleinigen Verantwortung stattfand.

Das Programm stellte ich wie folgt auf:

Es wurden natürlich Geschichten aus dem Leben der Schafe gelesen. Dazu wurden aber auch per Beamer Bilder aus Irland auf die Leinwand geworfen, die zu den Geschichten passen.
Ein Höhepunkt war, dass sich heraus stellte, dass McGregor,   unser schottisches Schaf, gerade an diesem Abend Geburtstag hatte.

Zur völligen Überraschung des über (!) 50-köpfigen Publikums trat dann im Kilt ein Dudelsack-Spieler auf, der Happy Birthday für McGregor spielte und dann noch die schottische National-Hymne.

Mein Dank gilt hier noch einmal an den Highlander Karl Eckhoff, der die gute Seele der „Alten Post" ist und auch in so einer Band spielt.

Weiter geht mein Dank an Herrn Gregor Stiefel vom Kulturamt der Stadt Drensteinfurt für die tolle Unterstützung, zum Beispiel auch für den Plakat-Druck, die Aushänge und die Pressearbeit.

Ganz wichtig ist aber auch die Unterstützung durch meine liebe Frau Helga, die geduldig das Entstehen meiner „Meisterwerke" verfolgt und mich hier und da durch ihren Rat inspiriert oder auch mal bremst und mich auf den Boden zurück holt, wenn ich zu oft auf der Weide bin.

Allein für ihren Krankenhaus-Aufenthalt im Oktober 2011 wurde ein „Helga-Buch" geschaffen, mit 165 Seiten und vielen privaten Bildern. Es soll der schnelleren Gesundung dienen und wurde nur 1 x gedruckt, also ein ganz persönliches Buch für Helga mit dem Titel „Auch wenn Du nicht da bist, Du bist d o c h bei uns."

Wie schon erwähnt – die Fans meiner Bücher, die nicht nur Schaf-Geschichten zum Inhalt hatten wurden immer mehr.
Immer in Erinnerung wird mir eine gute Freundin bleiben, die mir schrieb: „Dies ist mein „letzter" Brief. Ich sage vielen Dank für die schönen Geschichten, die mich meine Krankheit vergessen ließen."

Ein Heritage-Center (Besucher-Zentrum) in Irland auf der Halbinsel Dingle, das auch Heinrich Bölls Irland-Buch in der Auslage hat, wartete darauf, ob meine Schaf-Geschichten auch in englischer Sprache erscheinen. Inzwischen habe ich mehrere Romane ins Englische übersetzt – für die Fans in Irland, Schottland und den USA.

Am 18. November 2011 habe ich am „Tag der Lesungen" meinen Teil in Drensteinfurt als einer von 19 Lesern / Autoren beitragen.
Es waren Beiträge dabei von Kurt Tucholsky, Antoine de Saint-Exupery, Jorge Bucay, O. Henry, Sebastian Haffner und von mir.
Meine Geschichte: „Drei auf dem Jakobs-Weg" mit Bunglass, McGregor und Karl Yeti.
Ich war gleich als Erster dran, es war aufregend und sehr interessant.

Seitdem ist sehr viel passiert !

Hier sind noch weitere Informationen aus dem www , aus Zeitungen o d e r vom Verlag.

Wolfgang Pein gehört schon längst zu den Autoren, die eine sehr große Bandbreite zu den verschiedensten Bereichen aufweisen. Seine bisher erschienenen Kriminal-Romane handeln von gebrochenen Versprechen bis zum Messer, dass als Tatwaffe eine Hauptrolle spielt.
Der Autor legt Wert darauf, dass diese Romane nicht aus seiner mehr als 40-jährigen Justizzeit kommen, sondern aus seinen eigenen Ideen.

Seine **Tiergeschichten** gehören meistens dem Tierschutz und dem Zusammenleben von Mensch und Tier. Seine **Kinder- und Tierbücher** treten nach und nach zum Vortrag in Kitas und weiteren Einrichtungen an. Die 3 besonderen **Reisebücher über Irland und Schottland** handeln von selbst erlebten Begegnungen mit Land und Leuten und sind sehr privat gehalten, mit schönenErlebnissen vor Ort.

Die Erkenntnisse begeisterten auch im Zusammenhang mit einem Lichtbilder-Vortrag über Schottland das zahlreiche Publikum.

Auch wurde der Autor Teil eines Buchprojektes („Der letzte Satz"), das für das **Kinderhospiz „Löwenherz"** ins Leben gerufen wurde.

Es gibt auh ein fertiges **Projekt**, in dem der Autor **mit Neuautoren**, die noch keine eigene Geschichte herausgebracht haben, ein gemeinsames Buch mit Kurzgeschichten aufgelegt hat. Einige davon sind noch Schüler.

Sein 21. veröffentlichtes Buch „ **Liebe in Zeiten des Todesstreifens**" spielt in den 70-er Jahren und **handelt von einem Paar mit einer wahren dokumentierten Geschichte**, das die Familienzusammenführung von Ost und West erreichen will und den auftauchenden Schwierigkeiten. Dabei spielt auch eine Stasi-Akte eine große Rolle.

Dieses Buch hat bereits der Beauftragen für Kultur und Medien in Bonn vorgelegen (ebenso Bürgermeister Streffing im Hinblick auf eine kommende politische Woche **zum Jahrestag des 30-jährigen Mauerfalls**) und großes Interesse hinsichtlich der Aufarbeitung von geschichtlichen Ereignissen erzeugt.

Es kam der Hinweis, für das **Koordinierende Zeitzeugenbüro in Berlin** tätig zu werden und einen Beitrag zur politischen Bildung für junge Menschen (auch angehende junge Lehrer) zu leisten.

Sein Buch „Am Ende siegt (vielleicht) der Mensch" **handelt von der „K I – der Künstlichen Intelligenz"**, vielmehr davon, was trotz aller Fortschritte für die Menschheit „auch" passieren kann. Es ist ein Zukunft-Thriller, der in der Schweiz 2021 spielt, in dessen Mittelpunkt ein Wissenschaftler steht, der einstmals im CERN verantwortlich war, sowie ein Computer-KI-Programm, das eigene Wege geht.

Ein von ihm selbst ins Englische übersetzte und in Schottland spielende Buch wurde von **Prince William und Princess Kate** mit entsprechender sehr positiver Antwort **aus dem Kensington Palace** sehr gerne mit Dank behalten.

Von der Sekretärin der Queen, der ebenfalls das Buch nach Balmoral Castle in ihren Sommersitz geschickt wurde, kam zwar sehr freundlicher Dank, aber das Buch zurück.

Es gibt dort eben die Vereinbarung im Buckingham Palace gibt, Geschenke nur bei Staatsempfängen zu behalten.

Aber die rot-farbig gestalteten **Antwort/Briefumschläge aus dem Buckingham Palast** waren es allein wert. Und der Postbote meint dann immer: „Mann – was bekommst Du immer für eine recht ungewöhnliche Post!"

Und ein weiterer Höhepunkt ist wohl unumstritten eine **Einladung ins Schloss Bellevue nach Berlin** mit der offiziellen Einladungskarte des Bundespräsidialamtes mit goldenem Bundesadler und dem Text: „**Der Bundespräsident bittet** Herrn Wolfgang Pein im Rahmen der Reihe ……. . Ja - richtig gehört, denn der Bundespräsident persönlich gestaltet dort ein Gespräch in der Reihe „Geteilte Geschichten", die zum 30-jährigen Mauerfall aktuell sind und an der ungefähr 50 Personen am 25. Oktober 2019 dort im Schloss in Anwesenheit des Bundespräsidenten teilnehmen dürfen. Nach dem Podiumsgespräch mit zwei bekannten Autorinnen und anschließender Diskussion mit den Teilnehmern bittet der Bundespräsident noch zum Empfang.

Das Bundespräsidialamt hat bei der Ankündigung der bald eintreffenden Einladung versichert, dass Walter Steinmeier sein Buch „Liebe in Zeiten des Todesstreifens" ganz sicher in Händen und begutachtet hat, wohl positiv, so dass es zu dieser fantastischen Einladung kam.

(Alle **Original-Schreiben** liegen selbstverständlich zum Beweis vor.)

Der 2. Roman über die Künstliche Intelligenz folgte mit „Am Anfang war es nur diese eine unbedachte Sekunde". Dieser Roman ist in sich extern abgeschlossen. Für den Leser/die Leserin des ersten **K I** ist er als Fortsetzung zu verstehen.

Eigentlich nicht beabsichtigt, aber jetzt erschienen, ist auch **der 3. Roman mit K I.**

Und auf Wunsch meiner Fans ist jetzt auch eine **Trilogie der 3 Romane über die Künstliche Intelligenz** erschienen. **– 452 Seiten –**

s i e he dazu die Seiten 171 / 172 !

Unter **bod.de/buchshop** erscheint mein Verlag BoD HH-Norderstedt. In die obere sich öffnende Spalte gibt man nur ein: Wolfgang Pein

Dann erscheinen alle meine Bücher. Wenn man auf ein Cover klickt, gibt es Infos über den Inhalt und den Autor.

Bestellen kann man dort alle Bücher,

die es **auch sämtlich als E-Books** gibt. In jedem Buchgeschäft in Europa können ebenfalls Bücher bestellt werden, wie auch bei Bestell-Verlagen und in den USA.

weitere INFOS unter:
wolfgang pein schafe bücher bilder

Allerdings werde ich versuchen, mich etwas zu bremsen, denn wie einige „berühmtere" Kollegen sagten: „Ein gutes Buch braucht oft die Zeit einer Schwangerschaft".

Damit ist gemeint, dass vom ersten Satz bis zum ersten Buch in der Auslage es einfach die Zeit von 9 Monaten braucht, um gut durchdacht und richtig gut zu werden.

Viel Spaß !!!